STAR WARS™

LE RETOUR DU JEDI

LES VAURIENS, LES REBELLES ET L'EMPIRE

LE PALAIS DE JABBA
Les quatre faveurs

Scénariste
MARC GUGGENHEIM

Dessinateur
ALESSANDRO MIRACOLO

Coloriste
DEE CUNNIFFE

EWOKS
Les Ewoks !

Scénariste
ALYSSA WONG

Dessinateurs et coloristes
LEE GARBETT
et JAVA TARTAGLIA
(Séquence des histoires autour du feu)

PAULINA GANUCHEAU
(Le récit des Woklings)

KYLE HOTZ et RACHELLE ROSENBERG
(Le récit de Paploo)

CASPAR WIJNGAARD
(Le récit de Peekpa)

LANDO
Lando

Scénariste
STEPHANIE PHILLIPS

Dessinateur
ÁLVARO LÓPEZ

Coloriste
ANTONIO FABELA

L'EMPIRE
Opération : Endor

Scénariste
JODY HOUSER

Dessinateur
JETHRO MORALES

Coloriste
DEE CUNNIFFE

L'ALLIANCE REBELLE
Un tir fatal

Scénariste
ALEX SEGURA

Dessinateurs
MATT HORAK
BRENT PEEPLES
RAFAEL PIMENTEL

Coloriste
JIM CAMPBELL

MAX REBO
Max Rebo et son groupe

Scénariste
DANIEL JOSÉ OLDER

Dessinateur
PAUL FRY

Coloriste
CARLOS LOPEZ

LE RETOUR DU JEDI
Les couvertures du 40e anniversaire

Dessinateur
CHRIS SPROUSE

Encrage
KARL STORY

Coloristes
NEERAJ MENON
RACHELLE ROSENBERG

THOMAS DAVIER
Traducteur

ASTARTE DESIGN – ROMA
Lettreur

MIKEY J. BASSO
DANNY KHAZEM
MARK PANICCIA
C.B. CEBULSKI
Rédaction Marvel USA

ROBERT SIMPSON
MICHAEL SIGLAIN
PHIL SZOSTAK
TROY ALDERS
Rédaction Lucasfilm

MATT MARTIN
PABLO HIDALGO
EMILY SHKOUKAN
Équipe de narration
Lucasfilm

AVANT *LE RETOUR DU JEDI*

Réalisé par **Richard Marquand** à partir d'un script de **Lawrence Kasdan** et **George Lucas**, *Le retour du Jedi* sort dans les salles américaines le 25 mai 1983. Engrangeant quasiment 500 millions de dollars dans le monde entier, le film est le plus gros succès au box-office de l'année et reçoit quatre nominations aux Oscars en plus de décrocher le "Special Achievement Award" pour ses effets spéciaux spectaculaires. Le long métrage vient conclure la première trilogie *Star Wars* et apporte un point final à toutes les intrigues lancées en 1977 avec *Un nouvel espoir*, après la fin époustouflante de *L'Empire contre-attaque*. **Han Solo** est alors sauvé des griffes de **Jabba le Hutt** et la flotte de l'Alliance Rebelle, menée par l'amiral **Ackbar**, triomphe de l'Empire en détruisant la seconde Étoile de la Mort grâce à l'attaque de **Lando Calrissian**, qui s'est racheté après sa trahison. **Luke Skywalker** devient un Jedi et **Palpatine** meurt grâce au sacrifice de **Dark Vador**. L'esprit d'**Anakin Skywalker** peut alors enfin prendre sa place au sein de la Force aux côtés de **Ben Kenobi** et **Yoda**. Le film s'achève avec une fête sur la lune forestière d'Endor en compagnie des **Ewoks**. Finalement réunis, **Leia Organa** et Han sont rejoints par leurs camarades de l'Alliance Rebelle. La même année, l'adaptation du film en comics est publiée par Marvel, qui détient à l'époque les droits de publication des bandes dessinées *Star Wars* depuis 1977. Cette fois, la Maison des Idées décide de faire figurer l'adaptation au sein d'une mini-série à part, scénarisée par **Archie Goodwin** et illustrée par **Al Williamson**. C'est **Bill Sienkiewicz** qui en réalise les couvertures, combinant son style caractéristique avec un photoréalisme suffisamment accrocheur pour qu'elle soit immédiatement reconnaissable sur les présentoirs. En 2023, le film célèbre ses quarante ans depuis sa sortie. Les comics rendent hommage à cet événement, aussi important dans l'histoire du cinéma que dans celle la pop culture. Ce volume contient une série d'histoires courtes se déroulant un peu avant le début du film. Leurs protagonistes ont été choisis pour ne pas faire de l'ombre aux personnages les plus célèbres de la saga, aujourd'hui représentés à travers de nombreux récits, notamment en comics. Vous découvrirez de nouveaux visages, comme le protagoniste de l'histoire de l'Empire, et en entrapercevrez d'autres le temps de quelques secondes, comme ce droïde interprète qui se fait torturer dans les donjons du palais de Jabba… En bonus, jetez un œil aux couvertures alternatives commandées par Marvel à **Chris Sprouse**. Ce dernier y a restitué les moments les plus mémorables du *Retour du Jedi*.

Pour l'édition française : Panini France S.A. - Nice La Plaine, Bât. C2
Avenue Emmanuel Pontremoli, 06200 Nice.
ISBN : 979-10-391-2471-3
Dépôt légal : **mai 2024**
Achevé d'imprimer en **Italie** en **avril 2024** par **Lito Terrazzi S.r.l.** - Prato.
Code produit : **FHCSW018**

www.panini.fr

LE PALAIS DE JABBA

COUVERTURE : **RYAN BROWN**

LES QUATRE FAVEURS

L'Alliance Rebelle et l'Empire Galactique se livrant à une guerre civile pour le contrôle de la galaxie, les criminels, les vauriens et les gangsters trouvent de nouveaux moyens pour tirer profit du chaos.

Et tout particulièrement le seigneur du crime JABBA LE HUTT, qui règne sur un empire criminel installé sur une planète de la Bordure Extérieure, TATOOINE.

Depuis son palais, Jabba commande son organisation de brutes, de voleurs et de chasseurs de primes en profitant de leur cupidité… et de leur peur….

Tatooine. Mer de Dunes septentrionale.
BIEN. DE NOUVELLES ACQUISITIONS.
TU ES UN DROÏDE DE PROTOCOLE, TOI, N'EST-CE PAS ?
JE SUIS C-3PO, CYBORG...
RÉPONDS OUI OU NON.
OH, EUH, OUI.
COMBIEN DE LANGUES SAIS-TU PARLER ?
JE PRATIQUE COURAMMENT SIX MILLIONS DE FORMES DE COMMUNICATION, ET JE PEUX...
C'EST PARFAIT.
NOUS N'AVONS PLUS D'INTERPRÈTE DEPUIS QUE NOTRE MAÎTRE S'EST FÂCHÉ CONTRE NOTRE DERNIER DROÏDE DE PROTOCOLE ET L'A DÉSINTÉGRÉ.
DÉSINTÉGRÉ ?
OH.
Quelque temps auparavant.
JE SUIS LE NOM DE CODE 8D-M.
ET VOICI LE RÉCIT DE MA MORT.

NATURELLEMENT, LA "MORT" EST UN CONCEPT **COMPLIQUÉ** EN CE QUI CONCERNE LES DROÏDES COMME MOI.
ALORS, PEUT-ÊTRE VAUT-IL MIEUX DIRE QUE CECI EST LE RÉCIT DE CE QUI M'A CONDUIT À MA SINISTRE FIN.
APRÈS UNE SÉRIE D'ÉVÉNEMENTS MALHEUREUX, J'AI ÉTÉ REPROGRAMMÉ COMME **DROÏDE DE PROTOCOLE** ET MIS AU SERVICE D'UN GANGSTER APPELÉ **JABBA LE HUTT**.
L'EMPIRE CRIMINEL DU HUTT EST **IMMENSE**. IL EST SOUVENT AMENÉ À CONVERSER AVEC DES ÊTRES QUI NE PARLENT NI LE BASIC, NI LE HUTT.
C'ÉTAIT MA RESPONSABILITÉ DE TRADUIRE POUR LUI... UNE TÂCHE QUE, JE TIENS À LE DIRE, JE REMPLISSAIS **TRÈS** BIEN.
IL DIT QUE L'ARGENT POUR SA PROTECTION DE CE MOIS-CI A ÉTÉ **VOLÉ** EN CHEMIN VERS TATOOINE.
MAIS LES INFLEXIONS DE SA VOIX ET LES MICRO-TREMBLEMENTS DE SA MAIN INDIQUENT QU'IL **MENT**.
MAIS DE TELS SERVICES ÉTAIENT INDIGNES DE MOI.
C'EST-À-DIRE QUE JE NE TROUVAIS RIEN DE **STIMULANT** DANS CETTE TÂCHE.

ET PUISQU'IL N'Y AVAIT RIEN DE STIMULANT DANS CETTE TÂCHE POUR LE HUTT... ELLE ÉTAIT FRUSTRANTE.
... OFFRE HUMBLEMENT CE PRÉSENT DE SIX CAISSES D'ÉPICE SANSANNA À L'OCCASION DU DERNIER ANNIVERSAIRE DE CE SIXIÈME SIÈCLE DE L'ESTIMÉ JABBA...
ENNUYEUSE.
... LA ROUTE COMMERCIALE PERLEMIENNE, QUI, COMME LE SAIT LE GRAND JABBA, COMPREND LA PLANÈTE DE TAANAB, QUI EST LE LIEU DE PLUSIEURS PRODUITS AGRICOLES...
MACHINAL.
L'EXALTÉ JABBA PROPOSE LA SOMME DE QUARANTE-CINQ PEGGATS.
MONOTONE.
L'ÉMINENT JABBA PROPOSE TRENTE CRÉDITS.
MAIS CECI A CHANGÉ À SON ARRIVÉE.

SILVAN KAAN.
UN TWI'LEK À LA MINE MYSTÉRIEUSE ET À L'AIR FRÊLE.
IL AURAIT ÉTÉ RAISONNABLE DE PENSER QUE SILVAN NE SURVIVRAIT PAS JUSQU'AU SECOND COUCHER DE SOLEIL EN COMPAGNIE DES CHASSEURS DE PRIMES, DES VOYOUS ET DES MEURTRIERS CONSTITUANT LA "COUR" DU HUTT...
... MAIS LES PAROLES DE SILVAN ÉTAIENT SES ARMES. SA LANGUE ÉTAIT AUSSI REDOUTABLE QUE N'IMPORTE QUEL BLASTER.
SON TALENT ÉTAIT DE SAVOIR COMMENT OBTENIR CE QU'IL VOULAIT EN PROMETTANT AUX GENS CE QU'EUX VOULAIENT.
ET JE NE FAISAIS PAS EXCEPTION.
OH, TOI, MON AMI, TU ES L'EXCEPTION.

PLAÎT-IL ?
ENTRE LES DROÏDES. JE SUIS LÀ DEPUIS MOINS D'UNE SEMAINE, ET JE VOIS DÉJÀ QUE TU ES **DIFFÉRENT** DES AUTRES.
DES AUTRES DROÏDES DANS LE PALAIS ?
DANS LA **GALAXIE**, MON AMI. DANS LA GALAXIE.
ILS SONT TOUS RAVIS DE LEUR ÉTAT. RAVI DE NETTOYER, DE CUISINER, DE RÉPARER, DE RELAYER...
MAIS TOI... IL EST AUSSI CLAIR QUE DU VERRE CHANDRILAN QUE TU AS ÉTÉ CONÇU POUR DE PLUS GRANDES ŒUVRES.
QUAND BIEN MÊME, MES OPTIONS SONT...
... RESTREINTES.
MAIS SI ELLES NE L'ÉTAIENT PLUS ?
ET SI TOI ET MOI, NOUS DEVENIONS **AMIS** ?
AMIS ?
EN EFFET.
ET PARMI CES BÉNÉFICES, IL Y A LES **SERVICES** QUE LES AMIS SE RENDENT ENTRE EUX.
SI TU ME RENDS **TROIS SERVICES**, JE T'EN RENDRAI UN : JE TE RETIRERAI CE **BOULON D'ENTRAVE** DE LA POITRINE ET JE TE SORTIRAI DE LÀ.

"QU'EN DIS-TU ?"
LE PREMIER DE CES TROIS SERVICES ÉTAIT SIMPLE.
ME FAUFILER DANS LES QUARTIERS DE TESSEK...
... ET EMPOISONNER SA NOURRITURE.
SILVAN M'AVAIT ASSURÉ QUE LE POISON NE TUERAIT PAS LE QUARREN. IL NE FERAIT QUE...
... LE NEUTRALISER TEMPORAIREMENT.
"M. KAAN TIENT À DIRE QU'IL EST NAVRÉ PAR LA MALADIE QUI A FRAPPÉ VOTRE COMPTABLE, PUISSANT JABBA...
FMP
"... ET VOUS PROPOSE SES HUMBLES SERVICES EN LA MATIÈRE.
"IL DIT AVOIR ÉTÉ COMPTABLE SUR RYLOTH...

"... ET IL VOUS PROMET DE VEILLER SUR VOS FINANCES LE TEMPS QUE M. TESSEK SOIT DE NOUVEAU SUR PIED."
AU DÉBUT, J'AI CRU QUE SILVAN VOULAIT L'ACCÈS AUX FINANCES DU HUTT POUR DÉTOURNER DES FONDS.
MAIS SON VÉRITABLE PLAN ÉTAIT BIEN PLUS COMPLEXE.
ET AMBITIEUX.
MAIS À CE MOMENT, JE L'IGNORAIS.
C'EST MAINTENANT, AVEC LA CRUAUTÉ DU RECUL, QUE JE COMPRENDS CE QU'IL AVAIT MANIGANCÉ TOUT LE LONG.
LA VALEUR QU'IL A TROUVÉE DANS LES REGISTRES DE JABBA N'ÉTAIT PAS LA RICHESSE, MAIS UNE MONNAIE BIEN PLUS PRISÉE : L'INFORMATION.

AVEC CELA, SILVAN POUVAIT FAIRE CE QU'IL FAISAIT LE MIEUX.
MURMURER AUX OREILLES.
ATTISER LES JALOUSIES.
NOURRIR LES RIVALITÉS.

LES REGISTRES FINANCIERS LUI DONNAIENT UNE CONNAISSANCE DES AFFECTATIONS, DES TÂCHES, ET DONC...
... DES PERSONNES QUE JABBA VOYAIT D'UN BON ŒIL...
... ET LES AUTRES.
ET IL DÉPLAÇAIT DES CRÉDITS, DES SOMMES TROP FAIBLES POUR ÊTRE REMARQUÉES, POUR CRÉER L'IMPRESSION QUE LES LARGESSES DE JABBA ALLAIENT **PLUS** À CERTAINS QU'À D'AUTRES.

IL N'A PAS FALLU LONGTEMPS POUR QUE SILVAN FOMENTE LA **RIVALITÉ** DONT IL AVAIT BESOIN.
D'UN CÔTÉ, IL Y AVAIT **CHARN ROONDHA**, UN ITHORIEN QUI COLLECTAIT LES "TAXES" ET LE RACKET DE JABBA À TRAVERS PLUSIEURS MONDES DE LA BORDURE EXTÉRIEURE.
ET DE L'AUTRE, **REE-YEES**, UN GRAN DONT LA SEULE RESPONSABILITÉ, SI J'AVAIS BIEN COMPRIS, ÉTAIT DE S'OCCUPER DU CHIEN-GRENOUILLE DU HUTT...

MAIS YEES ASPIRAIT À PLUS.
PRINCIPALEMENT À GRAVIR LES ÉCHELONS DE L'ORGANISATION ET PRENDRE LES RESPONSABILITÉS DE ROONDHA.
COMME VOUS L'IMAGINEZ, ROONDHA N'A PAS PARTICULIÈREMENT APPRÉCIÉ LA NOUVELLE.
L'ANATOMIE DES ITHORIENS LES REND INCAPABLES DE PARLER LE BASIC.
LA PLUPART CONTOURNENT CELA EN UTILISANT UN COLLIER TRADUCTEUR OU UN DISPOSITIF ÉQUIVALENT.
MAIS PAS ROONDHA.
IL PRÉFÉRAIT QUE SES ACTES PARLENT POUR LUI.

ALORS, SERVIR DE **TRADUCTEUR** POUR SILVAN ÉTAIT LA **DEUXIÈME** DES TROIS FAVEURS QUE JE DEVAIS RÉALISER POUR GAGNER MA LIBERTÉ.
APPAREMMENT, MON EFFORT A EU L'EFFET DÉSIRÉ.
ROONDHA TENAIT LE GRAN À SA MERCI.
À TRAVERS MES PHOTORÉCEPTEURS, J'AVAIS L'IMPRESSION QU'IL ALLAIT DONNER LE COUP DE GRÂCE...
... MAIS C'EST LÀ QUE SILVAN EST INTERVENU.

NESSA WARR KAHNA.
M. KAAN CONSEILLE LA **CLÉMENCE** À L'ILLUSTRE JABBA.
ESTA BASHA. ESTU PRAHBA.
DE PEUR QUE LAISSER UN EMPLOYÉ EN TUER UN AUTRE DANS VOTRE SALLE DU TRÔNE SOIT PERÇU COMME UNE **FAIBLESSE** DE VOTRE PART.
INSTE ESTU.
PARDON : **INCORRECTEMENT** PERÇU.
TANAH NEESO. DESHEN.
MÊME SI LA PERCEPTION DEVIENT SOUVENT, ET C'EST MALHEUREUX, **LA RÉALITÉ**.
HRM.
‹ARRÊTE !›*
*TRADUIT DU HUTTESE.

<ÉPARGNE-LE.>
<<LE PUISSANT JABBA VOUS ORDONNE DE LE LÂCHER.>>*
*TRADUIT DE L'ITHORESE.

<QU'EST-CE QU'IL A DIT ?>
IL A EMPLOYÉ UN IDIOME ITHORIEN... IMAGÉ. IL N'EST PAS FACILE À TRADUIRE EN BASIC OU EN HUTT.
DISONS SIMPLEMENT... QU'IL N'EST PAS RAVI DE VOS ORDRES, MAIS QU'IL LES **RESPECTE**.
"CELA NE DEVRAIT PAS ÊTRE SURPRENANT QUE JABBA VOUS AIT ORDONNÉ D'**ÉPARGNER** LA VIE DE REE-YEES...
"... COMME JE VOUS L'AI DIT, ENFIN, COMME **M. KAAN** VOUS L'A DIT... VOUS N'AVEZ PLUS LES FAVEURS DE JABBA."
IL VEUT SAVOIR POURQUOI.
DIS-LUI QUE LA SOMME DE CRÉDITS QU'IL ENCAISSE A **DIMINUÉ**, DERNIÈREMENT.

IL... N'EST PAS D'ACCORD.
J'AI VU LES REGISTRES MOI-MÊME. LES NOMBRES NE MENTENT PAS.
PEUT-ÊTRE. MAIS LES PERSONNES QUI MANIPULENT LES CHIFFRES PEUVENT MENTIR.
ET JUSTEMENT :
DIS-LUI QUE SELON LA RUMEUR, JABBA COMPTERAIT RETIRER L'AFFECTATION DE ROONDHA SUR MANDALORE ET LA CONFIER À YEES.
MAIS...
DIS-LUI.

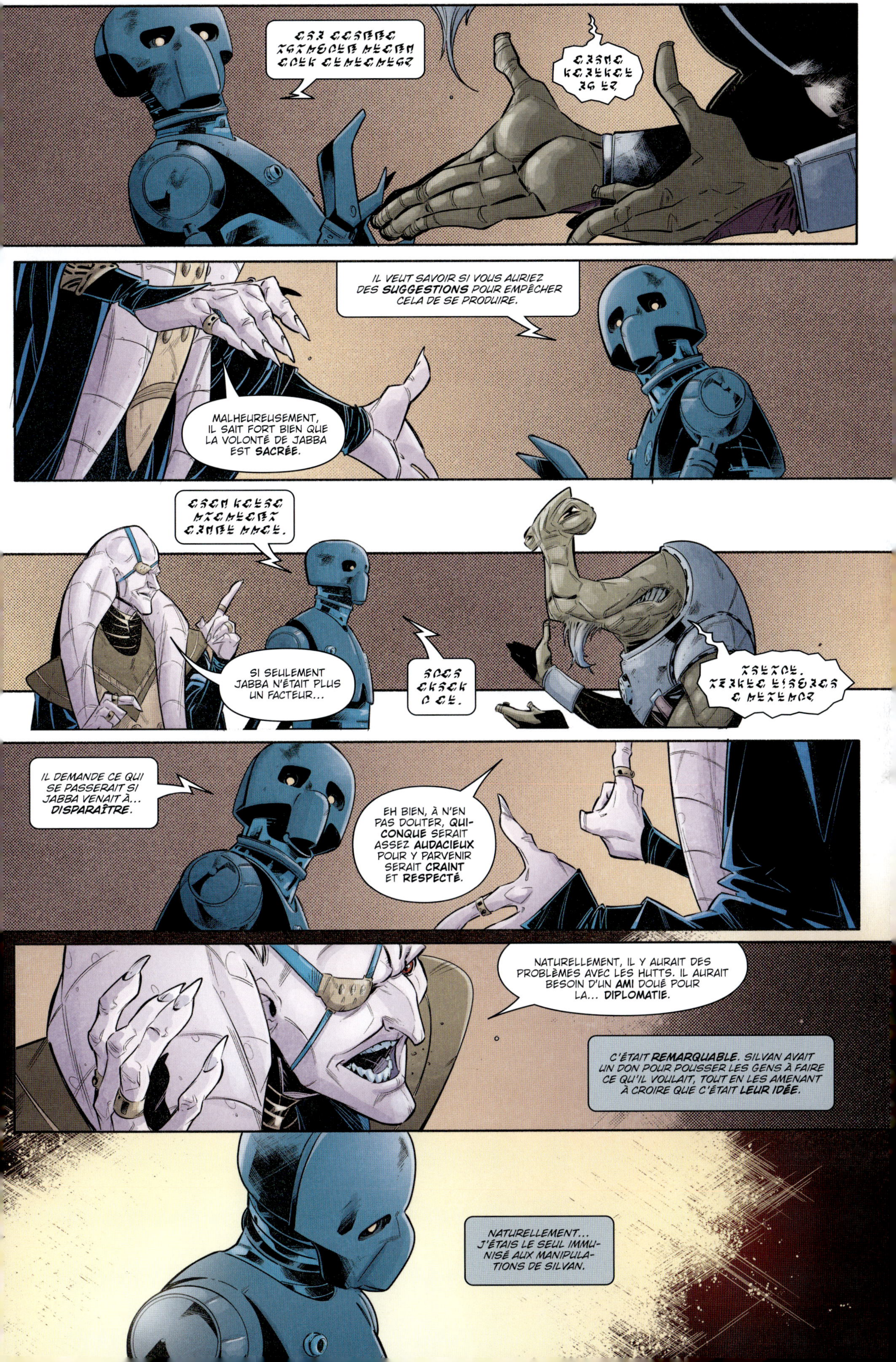
IL VEUT SAVOIR SI VOUS AURIEZ DES SUGGESTIONS POUR EMPÊCHER CELA DE SE PRODUIRE.
MALHEUREUSEMENT, IL SAIT FORT BIEN QUE LA VOLONTÉ DE JABBA EST SACRÉE.
SI SEULEMENT JABBA N'ÉTAIT PLUS UN FACTEUR...
IL DEMANDE CE QUI SE PASSERAIT SI JABBA VENAIT À... DISPARAÎTRE.
EH BIEN, À N'EN PAS DOUTER, QUICONQUE SERAIT ASSEZ AUDACIEUX POUR Y PARVENIR SERAIT CRAINT ET RESPECTÉ.
NATURELLEMENT, IL Y AURAIT DES PROBLÈMES AVEC LES HUTTS. IL AURAIT BESOIN D'UN AMI DOUÉ POUR LA... DIPLOMATIE.
C'ÉTAIT REMARQUABLE. SILVAN AVAIT UN DON POUR POUSSER LES GENS À FAIRE CE QU'IL VOULAIT, TOUT EN LES AMENANT À CROIRE QUE C'ÉTAIT LEUR IDÉE.
NATURELLEMENT... J'ÉTAIS LE SEUL IMMUNISÉ AUX MANIPULATIONS DE SILVAN.

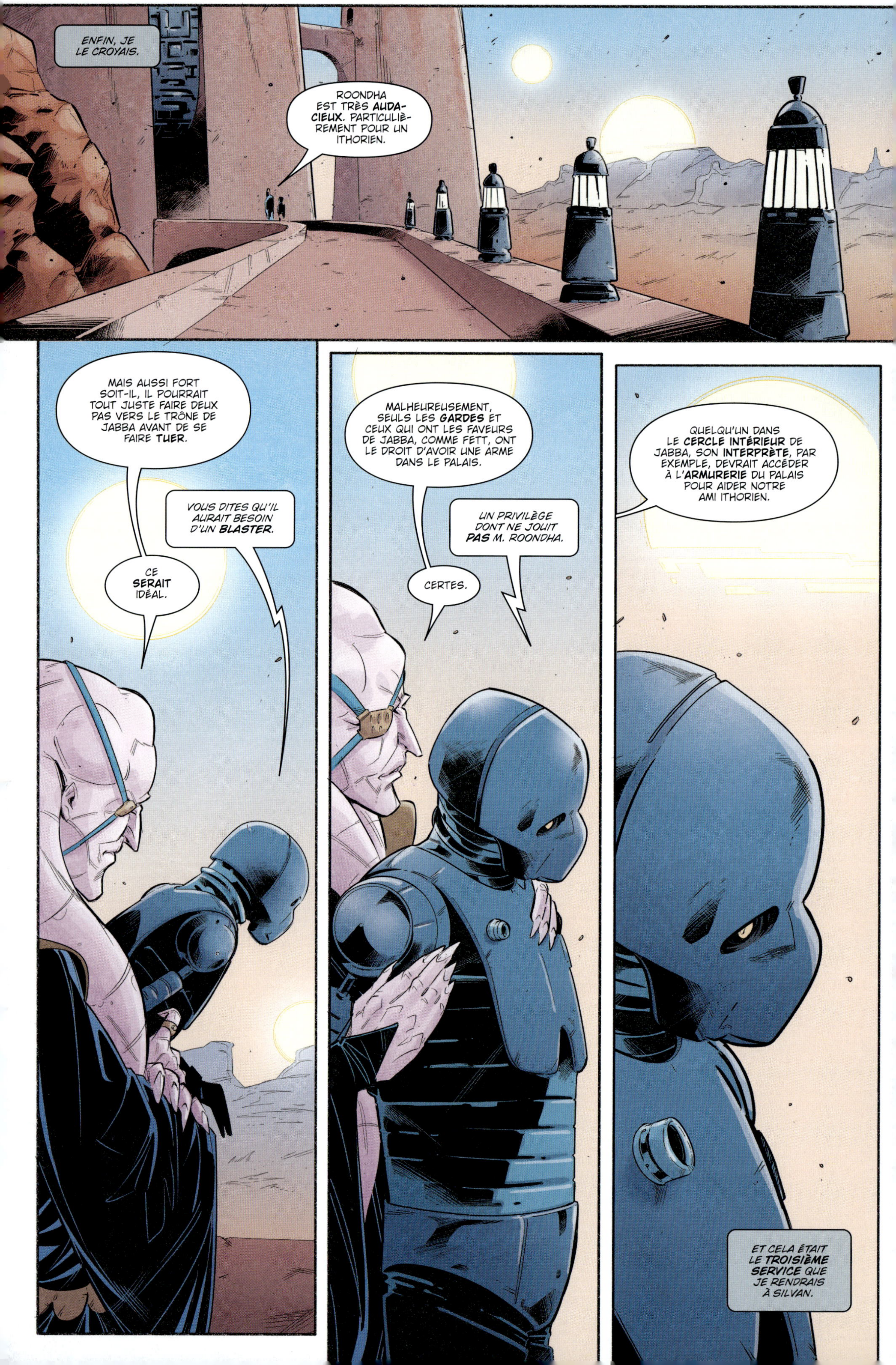
ENFIN, JE LE CROYAIS.
ROONDHA EST TRÈS AUDACIEUX. PARTICULIÈREMENT POUR UN ITHORIEN.
MAIS AUSSI FORT SOIT-IL, IL POURRAIT TOUT JUSTE FAIRE DEUX PAS VERS LE TRÔNE DE JABBA AVANT DE SE FAIRE TUER.
VOUS DITES QU'IL AURAIT BESOIN D'UN BLASTER.
CE SERAIT IDÉAL.
MALHEUREUSEMENT, SEULS LES GARDES ET CEUX QUI ONT LES FAVEURS DE JABBA, COMME FETT, ONT LE DROIT D'AVOIR UNE ARME DANS LE PALAIS.
UN PRIVILÈGE DONT NE JOUIT PAS M. ROONDHA.
CERTES.
QUELQU'UN DANS LE CERCLE INTÉRIEUR DE JABBA, SON INTERPRÈTE, PAR EXEMPLE, DEVRAIT ACCÉDER À L'ARMURERIE DU PALAIS POUR AIDER NOTRE AMI ITHORIEN.
ET CELA ÉTAIT LE TROISIÈME SERVICE QUE JE RENDRAIS À SILVAN.

UNE TÂCHE QUE JE CROYAIS SIMPLE.
TRÈS SIMPLE, MÊME.
J'AURAIS DÛ ME MÉFIER.
"80-M..."

... UN INSTANT, JE TE PRIE.
MAIS...
VIENS !
BANE MALAR.
UN CHASSEUR DE PRIMES QUI, S'IL AVAIT LE CHOIX ENTRE LIVRER SA PROIE "MORTE OU VIVE", CHOISISSAIT TOUJOURS LA PREMIÈRE OPTION.
EN NE RAMENANT QUE SA TÊTE.
UN PROBLÈME, M. MALAR ?
À TOI DE ME LE DIRE, DROÏDE.
ET NE MENS PAS. JE SUIS TROP FUTÉ POUR TOI... ALORS, N'ESSAIE MÊME PAS.
QUAND BIEN MÊME, M. MALAR, JE NE COMPRENDS PAS CE QUE VOUS VOULEZ ME FAIRE DIRE.
MON POSTE DE TRADUCTEUR DE JABBA M'OBLIGE SOUVENT À CONVERSER AVEC M. FORTUNA...
TU CROIS AVOIR ÉTÉ SUBTIL ? TU CROIS QUE JE NE T'AI PAS VU CHUCHOTER DANS DES ENDROITS DISCRETS AVEC CE TWI-LEK ?
PAS FORTUNA.
SILVAN KAAN. CE TYPE EST SI SOURNOIS QUE SES QUEUES POURRAIENT AUSSI BIEN ÊTRE DES SERPENTS.

JE VOUS ASSURE... JE NE VOIS PAS CE QUE VOUS INSINUEZ.
JE "N'INSINUE" RIEN.
J'ACCUSE.
VOUS M'ACCUSEZ ? DE QUOI ?
...
JE NE SAIS PAS ENCORE.
MAIS JE VAIS LE DÉCOUVRIR.
TU PEUX COMPTER LÀ-DESSUS.
ET JE L'AI CRU.
TU NE DEVRAIS PAS.

MALAR BLUFFE. IL FAIT CROIRE QU'IL A UN ÉTALAGE DE L'IDIOT, MAIS IL A UNE MAIN PLEINE DE NULRHEKS.
JE CRAINS DE NE PAS CONNAÎTRE LES RÈGLES DU SABACC.
MÊME SI JE SAIS QUE C'EST UN JEU OÙ IL EST AVANTAGEUX DE POUSSER L'ADVERSAIRE À CROIRE CE QUE L'ON VEUT QU'IL CROIE.
UN TALENT QUE POSSÉDEZ INDÉNIABLEMENT, M. KAAN.
MAIS VOUS JOUEZ À CE JEU AVEC DES ORGANIQUES.
LES DROÏDES SONT BIEN PLUS DIFFICILES À BERNER.
C'EST JUSTEMENT POUR CELA QUE JE N'AI JAMAIS ESSAYÉ DE TE BERNER, MON AMI.
JE T'AI TOUJOURS PARLÉ HONNÊTEMENT, ET JE VAIS CONTINUER À LE FAIRE.
PAR EXEMPLE... JE VAIS DIRECTEMENT TE RAPPELER QUE JE SUIS LE SEUL À TE PROPOSER LA LIBERTÉ.

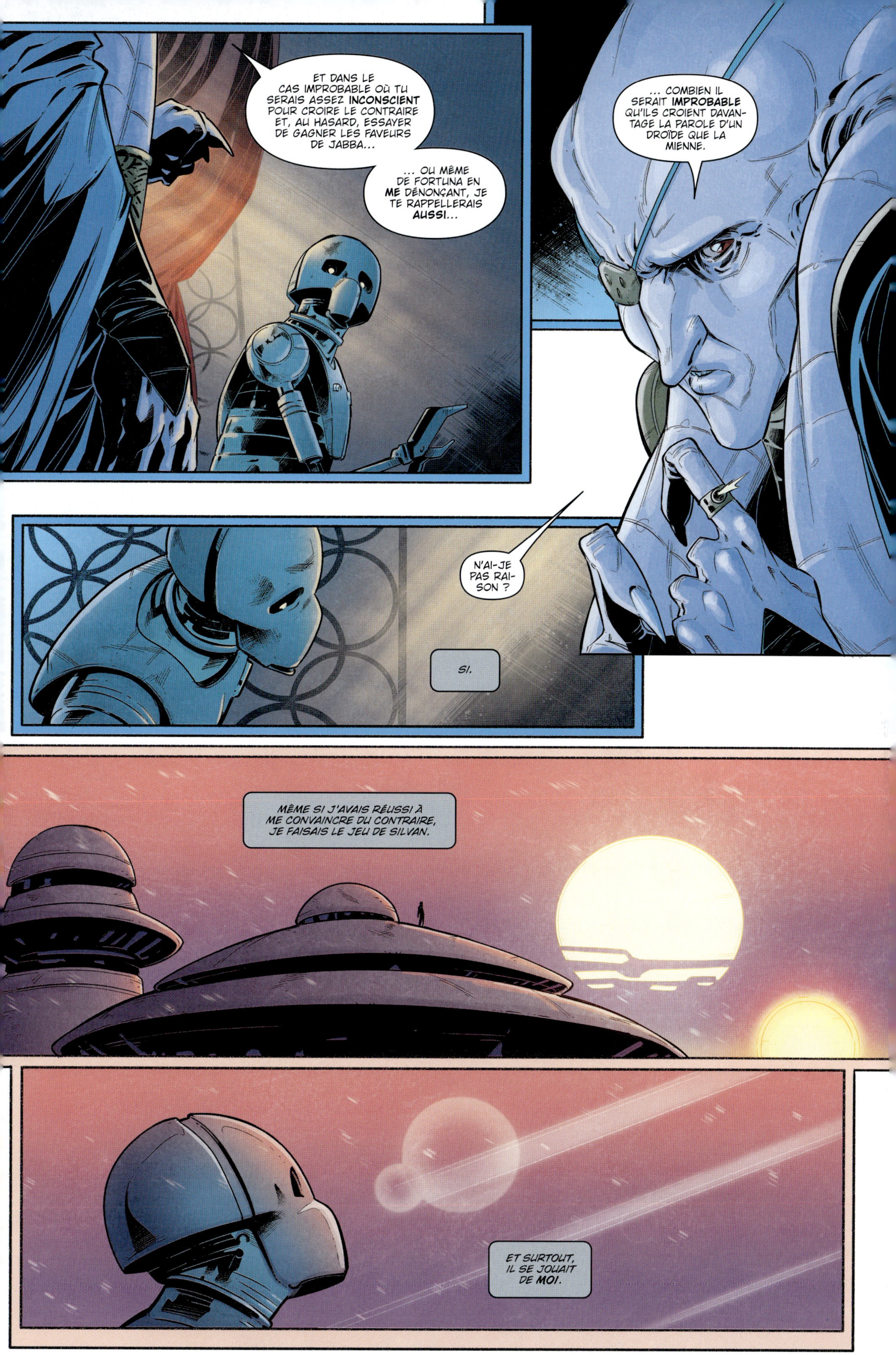
ET DANS LE CAS IMPROBABLE OÙ TU SERAIS ASSEZ **INCONSCIENT** POUR CROIRE LE CONTRAIRE ET, AU HASARD, ESSAYER DE GAGNER LES FAVEURS DE JABBA...
... OU MÊME DE FORTUNA EN **ME** DÉNONÇANT, JE TE RAPPELLERAIS **AUSSI**...
... COMBIEN IL SERAIT **IMPROBABLE** QU'ILS CROIENT DAVANTAGE LA PAROLE D'UN DROÏDE QUE LA MIENNE.
N'AI-JE PAS RAISON ?
SI.
MÊME SI J'AVAIS RÉUSSI À ME CONVAINCRE DU CONTRAIRE, JE FAISAIS LE JEU DE SILVAN.
ET SURTOUT, IL SE JOUAIT DE **MOI**.

SILVAN AVAIT DONNÉ À ROONDHA LE BLASTER QUE JE LUI AVAIS... **PROCURÉ**.
JE RECONNAIS QUE J'ÉTAIS ASSEZ INQUIET... UNE SENSATION RARE ET ÉTRANGE CHEZ UN DROÏDE.
EN FAIT, SI J'AVAIS EU UN CŒUR, JE PENSE QU'IL AURAIT BATTU TERRIBLEMENT VITE, COMME POUR SORTIR DE MON CORPS.
ET LE MOMENT VENU...
... TOUT S'EST PASSÉ TRÈS VITE.
PEW

CHAK
UN BLASTER WESTAR-35. JE PARIE QUE ROONDHA N'EST PAS AUTORISÉ À L'AVOIR DANS LE PALAIS…
<EN EFFET.>
<IL N'AURAIT PU L'OBTENIR QU'AVEC L'AIDE D'UN **COMPLICE**.>
IL FAUT QU'ON PARLE.
CE N'EST PAS LE MOMENT…
J'AI UN AUTRE **SERVICE** À TE DEMANDER.
JE VOUS RAPPELLE QUE NOTRE MARCHÉ N'EN SPÉCIFIAIT QUE ***TROIS***.
C'EST UN SERVICE POUR **TOI** AUTANT QUE POUR MOI.

Plus tard.
<<CHARN ROONDHA... LE PUISSANT JABBA LE HUTT VOUS DONNE SA PAROLE QUE VOTRE MORT SERA RAPIDE... SI VOUS IDENTIFIEZ L'INDIVIDU QUI VOUS A REMIS LE BLASTER ILLICITE.>>*
*TRADUIT DE L'ITHORESE.
<<C'EST TON AMI. CE TWI'LEK SOURNOIS !>>
IL DIT QU'IL PRÉFÈRE CONNAÎTRE UNE MORT HORRIBLE QUE TRAHIR UN AMI.
<<LUI ! C'ÉTAIT LUI !>>
ET JE CROIS QU'IL VIENT DE DIRE QUELQUE CHOSE D'ASSEZ MÉCHANT SUR VOTRE MÈRE.
<<CE N'EST PAS CE QUE J'AI DIT...>>

La mer de Dunes.
La gorge de Carkoon.
Nid du Sarlacc.
SLRP
"TRISTE FIN."
ON RACONTE QU'IL Y A UNE ENZYME DANS L'ACIDE DE L'ESTOMAC DU SARLACC QUI DONNE À CERTAINES ESPÈCES UNE VIE INCROYABLEMENT LONGUE.
C'EST SANS DOUTE UNE **RUMEUR**. MAIS SI C'EST VRAI ? ON RESTERAIT EN VIE PENDANT LES **MILLE ANNÉES** QU'IL MET À NOUS **DIGÉRER**.
CE SERAIT DOMMAGE QUE QUELQU'UN SOIT FORCÉ DE TENIR COMPAGNIE À ROONDHA LÀ-DEDANS.
PROFITE DE LA FÊTE.

VOILÀ...
CHOK
LA LIBERTÉ.
COMME PROMIS.
TU SAIS OÙ TU VAS ALLER ?
NON. CELA ÉTAIT L'UNE DE MES MOTIVATIONS PRINCIPALES, POUR ÊTRE HONNÊTE.
PUIS-JE FAIRE UNE SUGGESTION ?
IL PARAÎT QUE LA GORGE DE CARKOON EST ADORABLE À CETTE ÉPOQUE DE L'ANNÉE.
M. MALAR, JE NE SAIS PAS CE QUE VOUS PENSEZ AVOIR VU...
OH, JE NE PENSE RIEN.
CHK
... IL SE TROUVE QUE JE SAIS.
"ÇA NE PROUVE RIEN !"

AU MIEUX, CELA PROUVE QUE SEUL LE DROÏDE ÉTAIT COMPLICE !
HAH HAH HAH.
<IMBÉCILE. LE DROÏDE M'A TOUT DIT DE TA TROMPERIE.>
QU'A-T-IL DIT ?
VOUS VOUS SOUVENEZ AVOIR AFFIRMÉ QUE JABBA CROIRAIT DAVANTAGE VOTRE PAROLE QUE LA MIENNE ?
EH BIEN... C'ÉTAIT INEXACT.
<EMMENEZ-LE.>
IL MENT ! LE DROÏDE MENT SUR TOUT !
<MERCI, EXALTÉ JABBA, D'AVOIR EU LA SAGESSE DE VOIR AU TRAVERS DES MENSONGES DE CET HOMME.>
<IL M'A MENACÉ DE TOUTE SORTE D'HORREURS SI JE REFUSAIS DE LUI OBÉIR.>
<VRAIMENT ? QUEL GENRE D'HORREURS ?>

LAISSEZ-MOI RÉPONDRE À CETTE QUESTION. TENEZ...
<UN BOULON D'ENTRAVE...>
<DIS-MOI, DROÏDE, PARMI LES "HORREURS" DONT KAAN T'A MENACÉE, Y AVAIT-IL LA PROMESSE DE **RETIRER** TON BOULON D'ENTRAVE ?>
PUISSANT JABBA, JE PEUX VOUS EXPLIQUER...
<**ASSEZ.** TU N'AS PAS LE TALENT DE SILVAN KAAN POUR LA TRAÎTRISE.>
<IL SERA LE PROCHAIN REPAS DU SARLACC.>
<MAIS MON PETIT ANIMAL N'A PAS LA CONSTITUTION POUR DIGÉRER LES DROÏDES.>
"<ALORS, QU'ALLONS-NOUS POUVOIR FAIRE DE **TOI** ?>"
Fin

EWOKS

COUVERTURE : **RYAN BROWN**

LES EWOKS !

Sur la LUNE FORESTIÈRE D'ENDOR, *un village d'*EWOKS *se rassemble autour d'un feu pour se partager des récits d'aventures et de merveilles.*

Personne n'est à l'abri de la guerre qui déchire la galaxie, pas même la patrie des Ewoks.

Mais l'espace d'une nuit, leurs histoires de courage, de peur et de détermination les unira et leur apportera espoir....

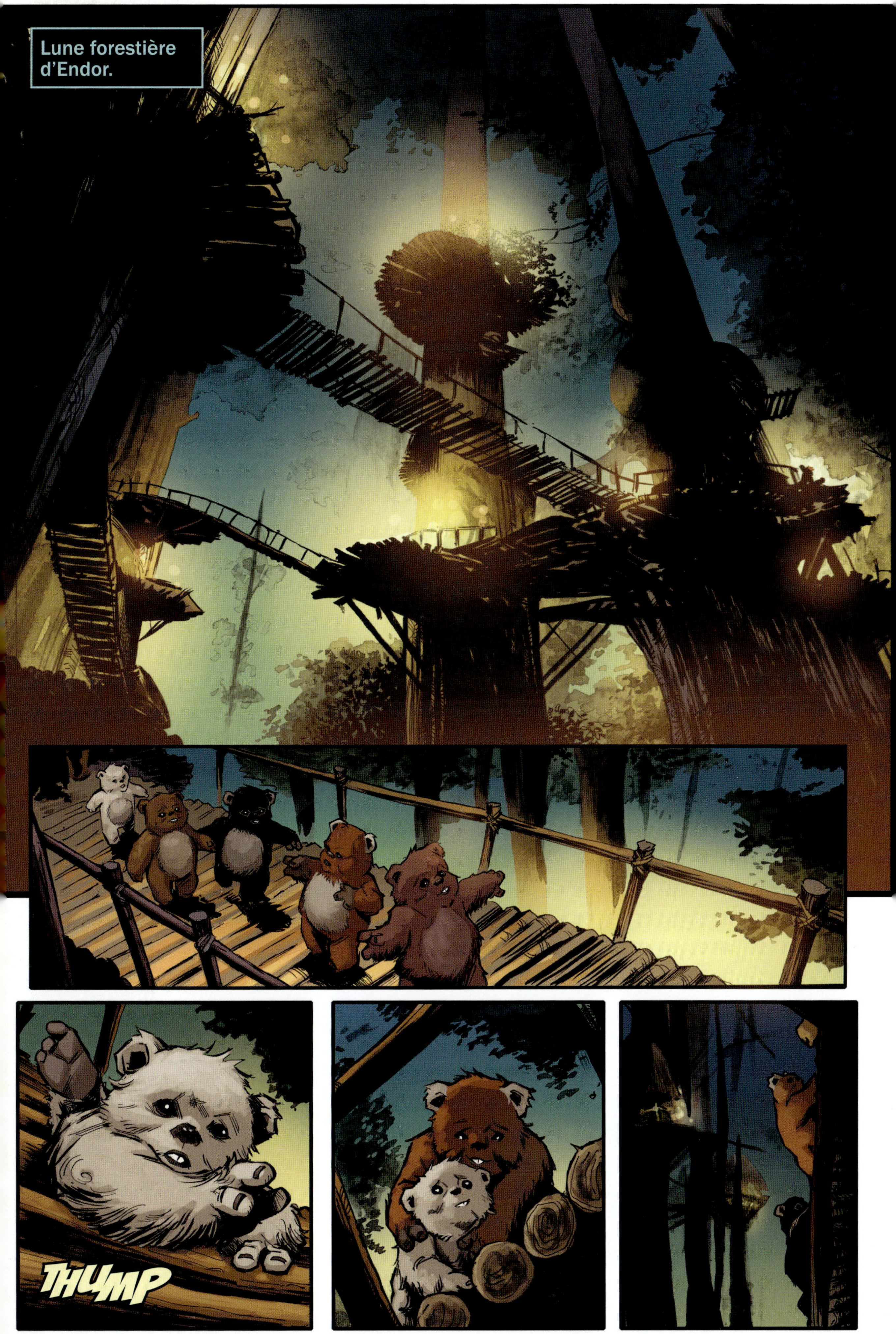
Lune forestière
d'Endor.
THUMP

sizzle

LE RÉCIT DES WOKLINGS

LE RÉCIT DE PAPLOO

krack
rustle

CHOMP

BONK!

LE RÉCIT DE PEEKPA
SHIFF
SHIFF
SPROING

WHIIIIIIIIIIIIIIIIIIIR

SNAP
CRA-BOOM!

KRAK!

HEP
HEP HEP
HEP
HEP

WHIIIIIIIIR
rattle rattle
WOOO--

OOOOOOH!
rattle
rattle
rattle
rattle

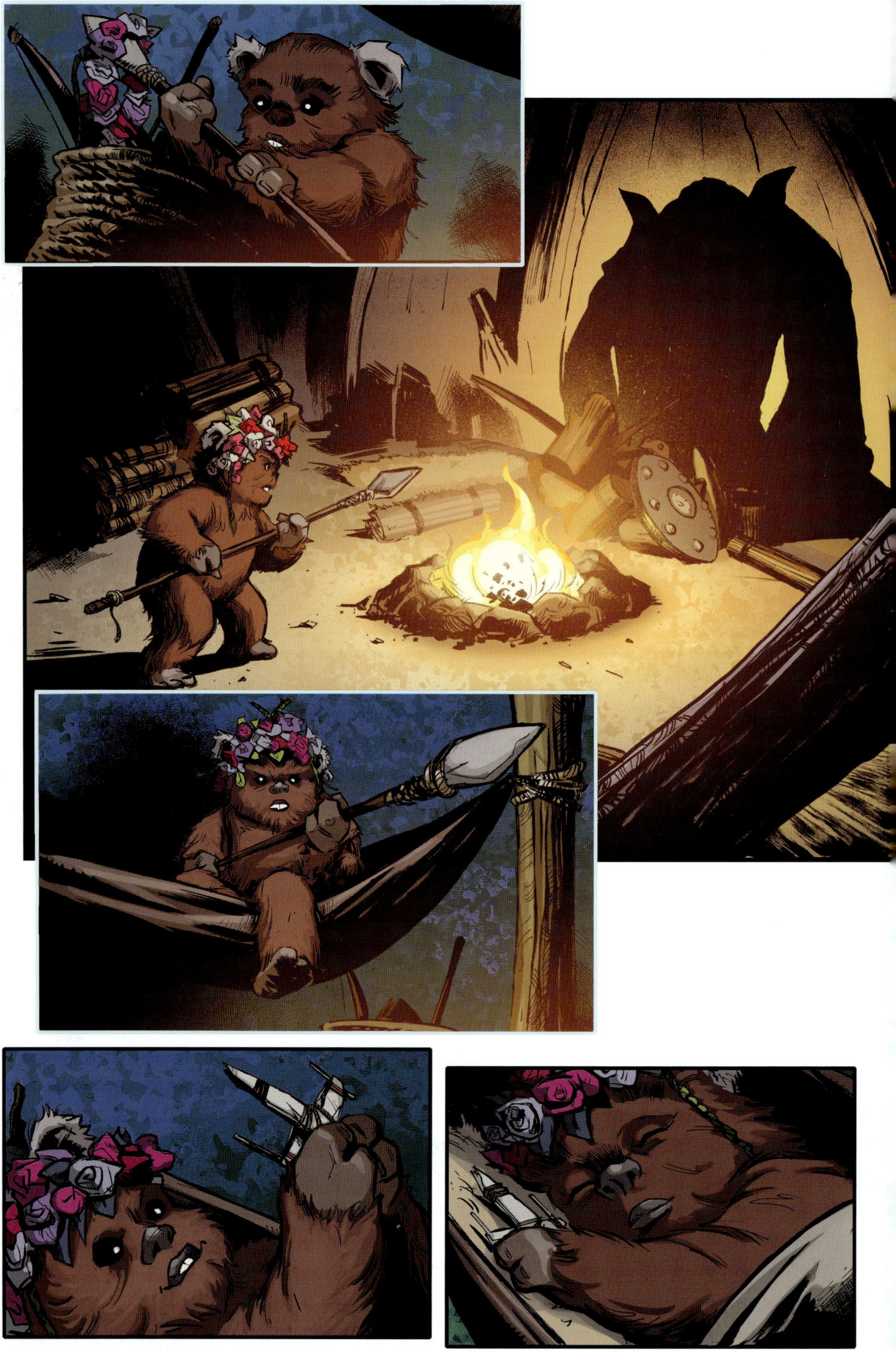

LANDO

COUVERTURE : **RYAN BROWN**

LANDO

Han Solo ayant été capturé par le chasseur de primes Boba Fett et livré à Jabba le Hutt, Lando Calrissian et Chewbacca sont peut-être son seul espoir.

Profitant de sa connaissance des zones les plus sordides de la galaxie, Lando s'embarque en une mission qui les amènera un peu plus près du sauvetage de son vieil ami Han.

Mais avec la trahison passée de Lando, la patience de Chewbacca s'étiole, et l'Empire comme le passé de Lando semblent se rapprocher à chaque seconde qui passe....

... CE N'EST PAS UNE NÉGOCIATION.
CINQ MILLE CRÉDITS...
... OU TU PEUX PARTIR.
NE ME FAIS PAS ÇA...
... DEPUIS COMBIEN DE TEMPS ON SE CONNAÎT, NARIN ? JE SUIS LE SEUL QUI T'AIT AIDÉ À AVOIR CE BOULOT POUR JABBA...
PAS DE RÉDUCTION POUR LES VIEILLES CONNAISSANCES, LANDO CALRISSIAN.
LE PRIX EST DE CINQ MILLE CRÉDITS...

MRRRRRRAAAH !
HRN !
CHEWIE !
LÂCHE-LE !
KOFF KOFF
SORTEZ !
TOUT DE SUITE !

RRRRRAAAGH!
PARDONNE-LE, NARIN.
IL S'INQUIÈTE POUR UN AMI ET IL LAISSE L'IRRITATION...
J'AI DIT DEHORS !
JE T'EN PRIE... JE NE PEUX PAS PARTIR SANS CES PLANS.
GRÂCE À TON AMI, LE PRIX VIENT D'AUGMENTER.
DIX MILLE CRÉDITS.
DIX MILLE...? C'EST RIDICULE. QUI IRAIT PAYER DIX MILLE CRÉDITS POUR...?
DIX MILLE CRÉDITS, LANDO.
D'ACCORD... D'ACCORD.
JE VAIS TROUVER L'ARGENT... MAIS...

... NE LE VENDS PAS AVANT MON RETOUR.
DES ENNUIS ?
TOUT EST SOUS CONTRÔLE.
JE LE CONNAIS...
L'EMPIRE AUSSI...

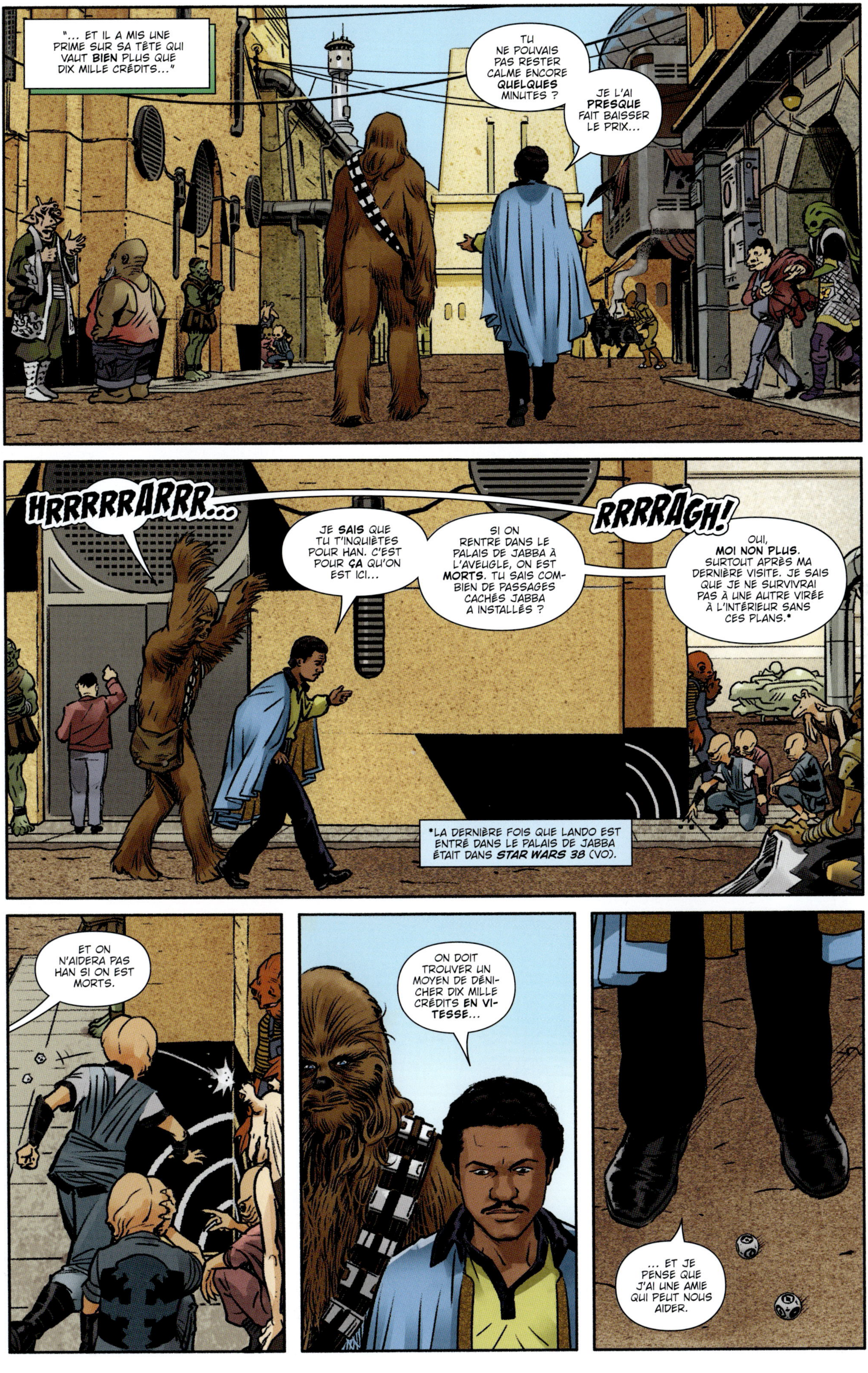
"... ET IL A MIS UNE PRIME SUR SA TÊTE QUI VAUT **BIEN** PLUS QUE DIX MILLE CRÉDITS..."
TU NE POUVAIS PAS RESTER CALME ENCORE **QUELQUES** MINUTES ?
JE L'AI **PRESQUE** FAIT BAISSER LE PRIX...
HRRRRRARRR...
RRRRAGH!
JE **SAIS** QUE TU T'INQUIÈTES POUR HAN. C'EST POUR **ÇA** QU'ON EST ICI...
SI ON RENTRE DANS LE PALAIS DE JABBA À L'AVEUGLE, ON EST **MORTS**. TU SAIS COMBIEN DE PASSAGES CACHÉS JABBA A INSTALLÉS ?
OUI, **MOI NON PLUS**. SURTOUT APRÈS MA DERNIÈRE VISITE. JE SAIS QUE JE NE SURVIVRAI PAS À UNE AUTRE VIRÉE À L'INTÉRIEUR SANS CES PLANS.*
*LA DERNIÈRE FOIS QUE LANDO EST ENTRÉ DANS LE PALAIS DE JABBA ÉTAIT DANS ***STAR WARS 38*** (VO).
ET ON N'AIDERA PAS HAN SI ON EST MORTS.
ON DOIT TROUVER UN MOYEN DE DÉNICHER DIX MILLE CRÉDITS **EN VITESSE**...
... ET JE PENSE QUE J'AI UNE AMIE QUI PEUT NOUS AIDER.

"ELOCIN."
BIEN SÛR QUE JE VAIS T'AIDER !
VRAIMENT ?
ABSOLUMENT PAS.
TU PENSAIS **VRAIMENT** QU'IL ÉTAIT **POSSIBLE** QUE J'**ACCEPTE** DE TE PRÊTER DIX MILLE CRÉDITS ?

TU ES PELIT-ÊTRE ENCORE PLUS **BÊTE** QUE TU EN AS L'AIR, LANDO...
... ET JE TROUVAIS DÉJÀ QUE TU AVAIS L'AIR **TRÈS** BÊTE.
JE NE TE DEMANDE PAS DE ME **DONNER** LES CRÉDITS, ELOCIN.
C'EST UN **PRÊT**. QUE JE TE REMBOURSERAI.
AVEC LES **INTÉRÊTS**.
TU ME PRENDS VRAIMENT POUR UNE IDIOTE ?
LA SEULE CHOSE DONT JE SUIS **SÛRE** AVEC TOI, LANDO, C'EST QUE SI JE TE DONNE CES CRÉDITS...

... TU DISPARAÎTRAS ENCORE DIX ANS.
ALLEZ !
TUE-LE !
JE N'AI PAS DISPARU.
TU M'AS DIT QUE TU NE VOULAIS PLUS JAMAIS ME REVOIR.
ET POURTANT...
JE NE LE DEMANDERAIS PAS SI J'AVAIS UNE AUTRE OPTION.

ÇA RESSEMBLE À UN PROBLÈME PERSONNEL.
MRRRRAH.
... ET SI ON JOUAIT CETTE SOMME ?
TU PEUX JOUER...?
TU VEUX DIRE QUE TU VEUX TRICHER.
ENCORE.
ET MÊME SI J'ÉTAIS D'ACCORD... CE SERAIT DIX MILLE CRÉDITS CONTRE QUOI ?
JE N'AI PAS VRAIMENT ENVIE D'UNE NOUVELLE CAPE, NI DE CES CHOSES MITEUSES QUE TU APPELLES DES BOTTES.

ELLES SONT EN PEAU DE SHAAK **AUTHENTIQUE.**
ET LE *FAU*...?
NON. TOI ET HAN ÊTES ATTACHÉS À CE TAS DE **FERRAILLE...**
... MAIS JE REFUSE DE ME LAISSER INSULTER.
VOUS TROUVEREZ LA SORTIE. J'AI DES AFFAIRES À...
HRRRRAH!
QU'EST-CE QUE TU...?
PAS QUESTION... HAN ME **TUERAIT** SI JE TE LAISSAIS...
WRAGH!

QU'EST-CE QU'IL DIT ?
IL DIT QU'IL SERA **LE POT**...
... QUE SI TU GAGNES, IL TRAVAILLERA DANS TON ÉQUIPE... POUR AU MOINS **DIX MISSIONS**.
TU TE PARIES... **TOI-MÊME** ?
RRRAAAGH.
SI TU GAGNES, TU AS DIX MILLE CRÉDITS.
SI JE GAGNE... LE WOOKIEE VIENT TRAVAILLER POUR MOI.
NON. ON NE VA **PAS** FAIRE ÇA... ON NE...
CE N'EST PAS À **TOI** QUE JE PARLE, LANDO.
VENDU ?

ALORS...?
J'AI UN PEU DE CHANCE AUJOURD'HUI, JE CROIS.

À TOI.
JE SUIS.

POUR VOIR.
RÉVÉLEZ VOS MAINS.
OOH.
C'EST UNE FLOTTE ?
C'EST L'UNE DES MEILLEURES MAINS DU JEU.
C'EST...

... L'UNE DES MEIL-LEURES...
SABACC PUR.
DISTRIBUE.

JE SUIS.
TAPIS.

HRRRRRAGH!
QU'EN DIS-TU, ELOCIN ? TU **POURRAIS** ME DONNER LES DIX MILLE TOUT DE SUITE...
TAPIS.
MONTREZ VOS...

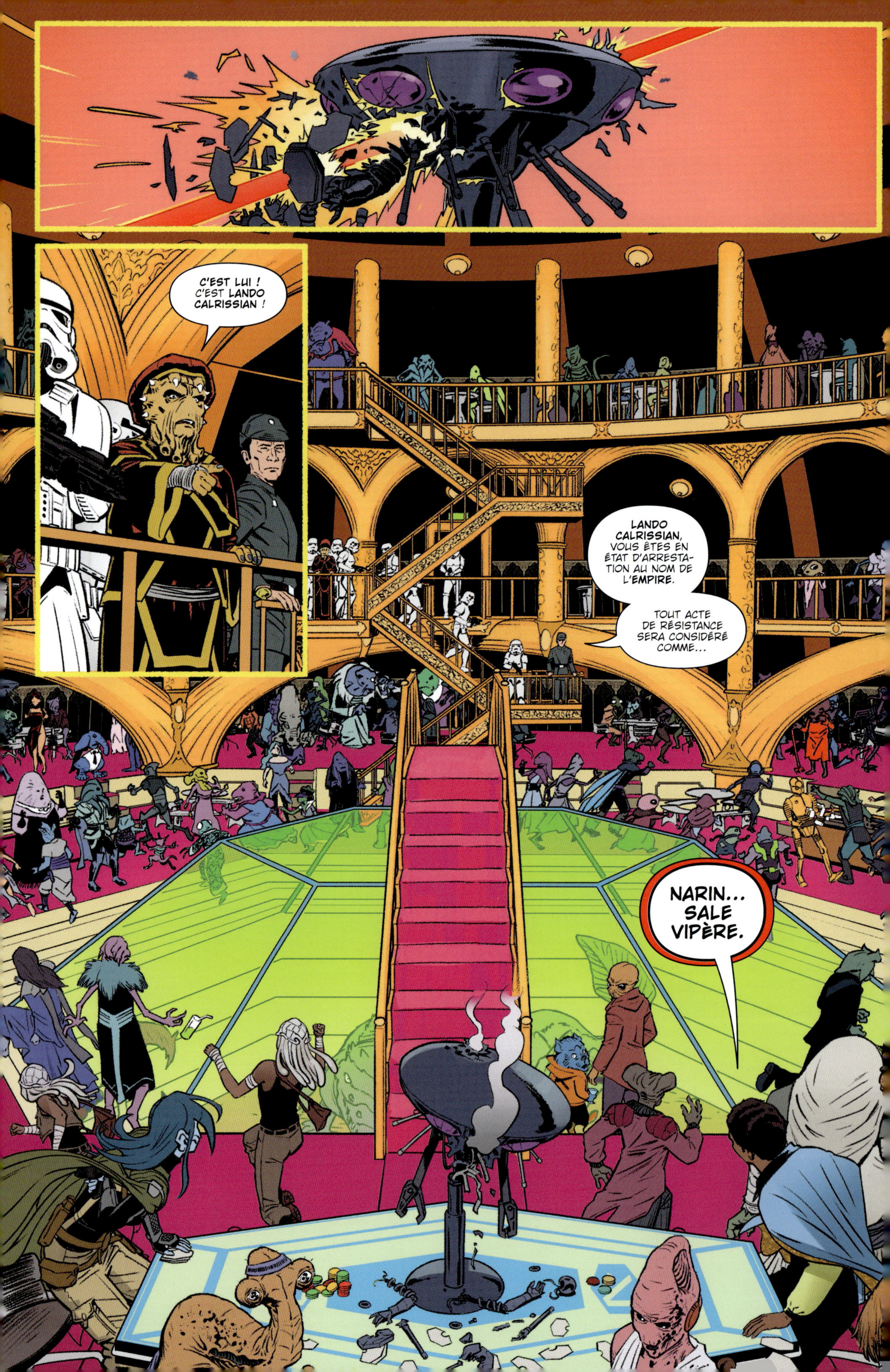
C'EST LUI ! C'EST LANDO CALRISSIAN !
LANDO CALRISSIAN, VOUS ÊTES EN ÉTAT D'ARRESTATION AU NOM DE L'EMPIRE.
TOUT ACTE DE RÉSISTANCE SERA CONSIDÉRÉ COMME...
NARIN... SALE VIPÈRE.

RRRAAGH !
COUREZ !
KRSSSSH
ILS T'ONT SUIVI !
JE SAVAIS QU'IL NE FALLAIT PAS TE FAIRE CONFIANCE.
J'AURAIS DÛ TE TUER À LA MINUTE OÙ TU ES ENTRÉ DANS MON...
ALORS, TUE-MOI.
ILS ARRÊTERONT DE TIRER DANS TON CLUB, ET TU SERAS DÉBARRASSÉE DE MOI POUR DE BON. MAIS SI TU APPUIES SUR CETTE GÂCHETTE, ELOCIN...
... ÇA REVIENT À TUER HAN ET CHEWIE.
JE SAIS QUE LES CHOSES AVEC HAN ONT ENCORE PLUS MAL FINI QU'AVEC MOI... MAIS JE TE CONNAIS... JE SAIS QUE TU TIENS À LUI. MALGRÉ TOUS TES EFFORTS.

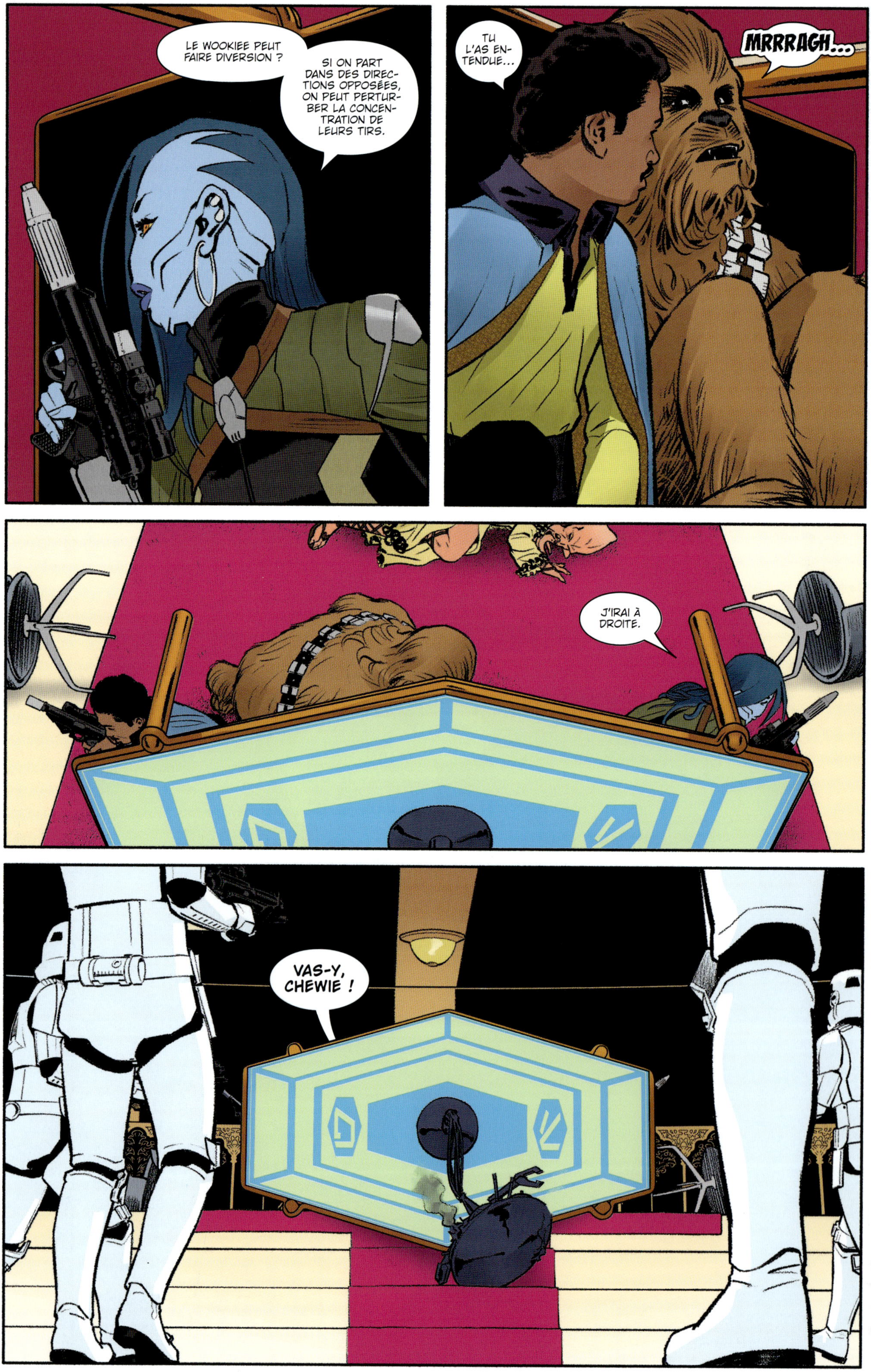
LE WOOKIEE PEUT FAIRE DIVERSION ?
SI ON PART DANS DES DIRECTIONS OPPOSÉES, ON PEUT PERTURBER LA CONCENTRATION DE LEURS TIRS.
TU L'AS ENTENDUE...
MRRRAGH...
J'IRAI À DROITE.
VAS-Y, CHEWIE !

IL Y EN A PLUS QUE JE CROYAIS.
C'ÉTAIT LE PLAN DE QUI, DÉJÀ ?

ARRRRRRAGH!
LANDO !
JE SUIS DÉSO-LÉE...
LÂCHE TON ARME, RACLURE.

D'ACCORD, J'OBÉIS À VOS ORDRES.
PAS BESOIN DE L'IMPLIQUER, D'ACCORD ?
VOUS ÊTES TOUS LES DEUX EN ÉTAT D'ARRESTATION. ET VOUS AUREZ DE LA CHANCE SI JE LAISSE CE MONSTRE DE WOOKIEE VIVRE...
ELOCIN... TU TE SOUVIENS DE CETTE FOIS OÙ LES SPEEDERS ONT FAILLI T'ARRACHER LA TÊTE...?
QU'EST-CE QUE VOUS...?
OUI...
VAS-Y !

KRRAAASH
TU VAS LE REGRETTER, CONTREBANDIER.
HSSSSSSSS...
KRAK

J'EN **DOUTE** FORT.
NE REGARDEZ PAS... MAIS IL Y A UN MONSTRE **TRÈS** EN COLÈRE DERRIÈRE VOUS.
JE VOUS AVAIS **DIT** DE NE PAS RE-GARDER...

QUOI ? TROP AMER POUR TOI ? JE TE PROMETS QUE JE NE SUIS PAS **NON PLUS** AP-PÉTISSANT.
MRRRRAAAH.
UN COUP DE MAIN...
-HSSSSSS...-
... ET LE **SAUT DE LA FOI** !

MERCI, CHEWIE.
NON !
TU T'ES **SOUVENU** DE L'**INCIDENT** AVEC LES **SPEEDERS**...
COMMENT **OUBLIER** ? SI JE NE M'ÉTAIS PAS PENCHÉE, TU M'AURAIS **TUÉE**.
LE FAIT QUE TU AIES **MANQUÉ** DE ME TUER EST UNE FACETTE DE NOTRE RELATION DONT JE ME SERAIS VOLONTIERS PASSÉE.
C'EST NOTÉ.

IL FAUT QU'ON SORTE D'ICI AVANT QUE D'AUTRES N'ARRIVENT...
HRRRRRAAAR.
ON NE **PEUT PAS** Y RETOURNER.
DÉSOLÉ, CHEWIE...
... IL FAUDRA QU'ON TROUVE **UN AUTRE** MOYEN D'OBTENIR CES PLANS POUR...
DEET DEET
DEET
ELOCIN ?
JE VIENS DE TRANSFÉRER LES DONNÉES AU *FAUCON*, LANDO.
JE CROIS QUE C'EST UNE CHOSE QUE TU CHERCHAIS...

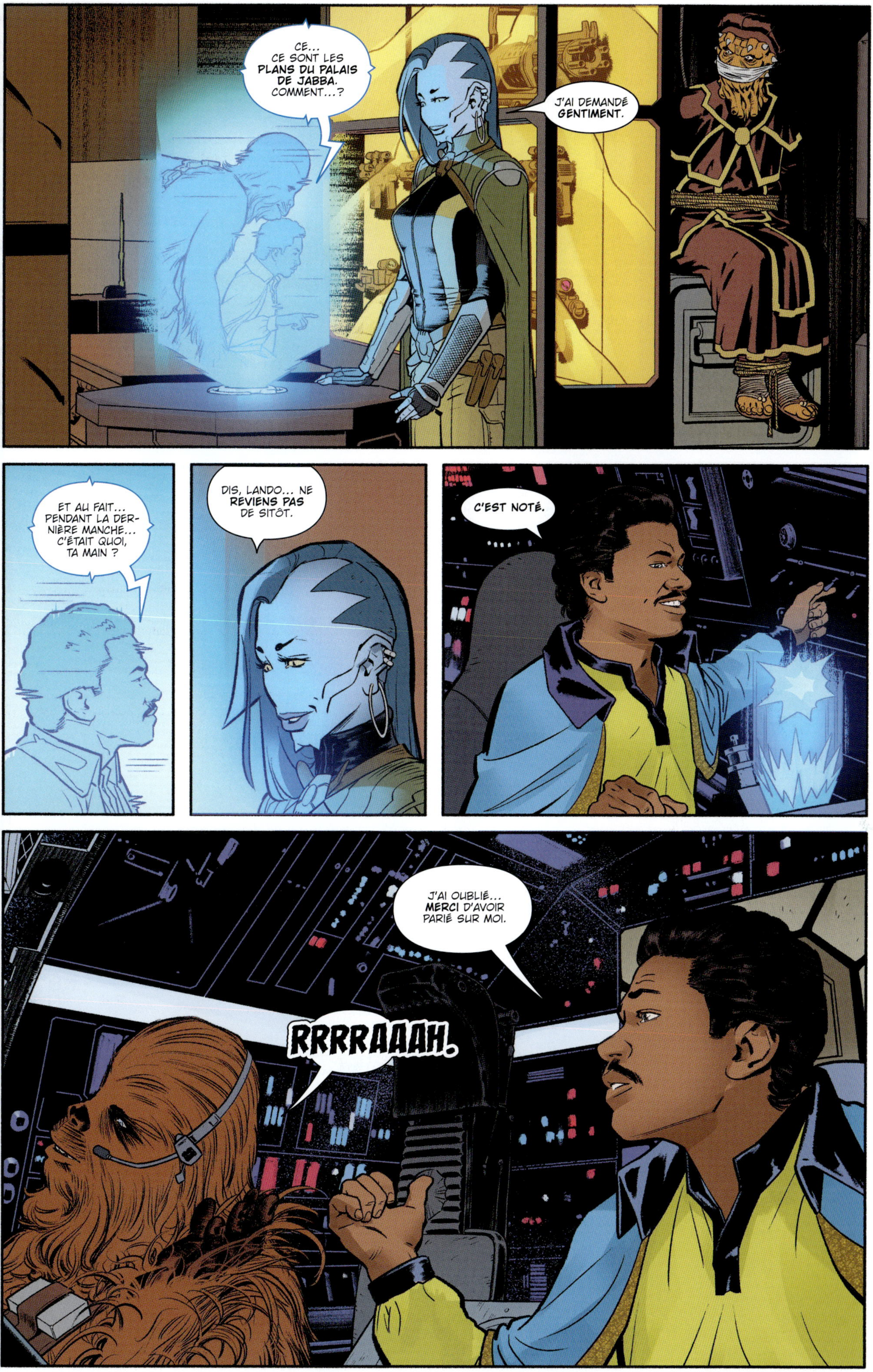
CE... CE SONT LES PLANS DU PALAIS DE JABBA. COMMENT...?
J'AI DEMANDÉ GENTIMENT.
ET AU FAIT... PENDANT LA DERNIÈRE MANCHE... C'ÉTAIT QUOI, TA MAIN ?
DIS, LANDO... NE REVIENS PAS DE SITÔT.
C'EST NOTÉ.
J'AI OUBLIÉ... MERCI D'AVOIR PARIÉ SUR MOI.
RRRRAAAH.

JE SUIS D'AC-CORD...
"... NOUS AVONS TOUT CE QU'IL NOUS FAUT POUR SAUVER HAN."
Fin

L'EMPIRE

COUVERTURE : **RYAN BROWN**

OPÉRATION : ENDOR

Alors que le conflit contre l'ALLIANCE REBELLE se poursuit, l'étau de l'EMPIRE GALACTIQUE presse ses citoyens pour obtenir toutes leurs ressources.

De plus en plus d'affaires sont saisies, la main-d'œuvre est réquisitionnée pour des objectifs militaires et de nombreux citoyens se retrouvent ainsi entraînés au service de l'effort de guerre.

Un jeune technicien, RILO GRENTH, est devenu un sous-traitant civil pour une installation top-secret en construction autour d'une lune lointaine de la BORDURE EXTÉRIEURE....

"TU AS L'AIR NERVEUX, GAMIN."
T'AVAIS JAMAIS QUITTÉ LA PLANÈTE ?
N... NON, MONSIEUR.
RILO GRENTH. DES TECHNOLOGIES GRENTH.
JE N'AVAIS ENCORE JAMAIS QUITTÉ HOSNIAN PRIME.

ALORS, IL Y A UNE AFFAIRE À VOTRE NOM ?
NON ! ENFIN... AU NOM DE MA FAMILLE.
MAIS C'EST MON PÈRE QUI DIRIGE.
ENFIN, QUI DIRIGEAIT.
"LES TECHNOLOGIES GRENTH N'ONT JAMAIS ÉTÉ UNE GROSSE SOCIÉTÉ. MAIS ELLE REMONTE À SIX GÉNÉRATIONS.
"C'EST L'UNE DES RARES QUI SOIENT SPÉCIALISÉES DANS LA CONNECTIVITÉ INTERSYSTÈMES ET LES LOGICIELS DE COMMUNICATION.
"NOUS AVONS TOUJOURS ÉTÉ RAVIS D'ACCEPTER DES CONTRATS IMPÉRIAUX.
"MAIS L'EMPIRE A RÉCEMMENT DÉCIDÉ DE PRENDRE UN CONTRÔLE PLUS DIRECT DE NOS OPÉRATIONS."
NATURELLEMENT, NOUS SOMMES TOUS EXTRÊMEMENT LOYAUX ENVERS L'EMPEREUR.
ET C'EST UN VÉRITABLE HONNEUR DE POUVOIR LE SERVIR AUSSI...

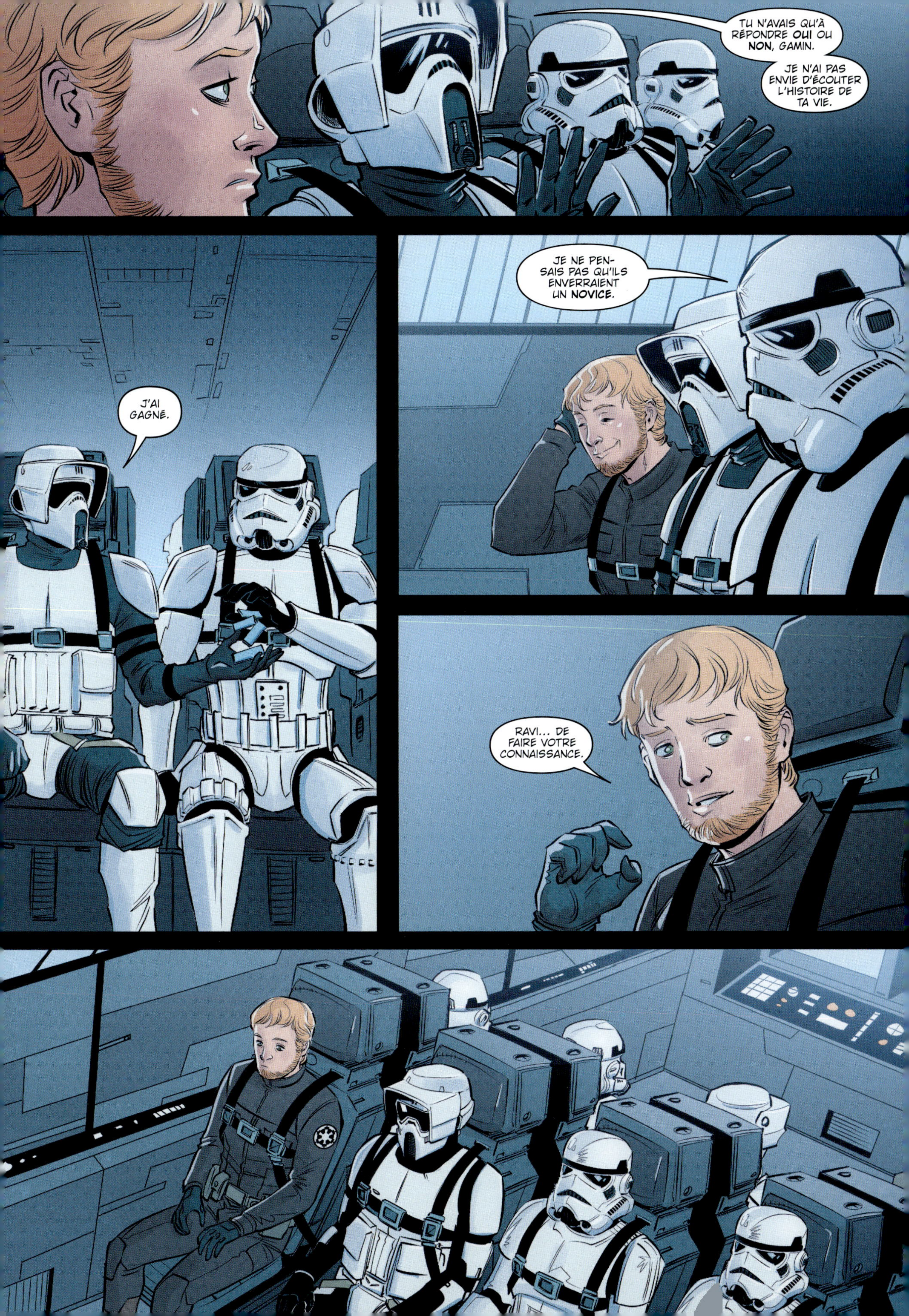
TU N'AVAIS QU'À RÉPONDRE OUI OU NON, GAMIN.
JE N'AI PAS ENVIE D'ÉCOUTER L'HISTOIRE DE TA VIE.
J'AI GAGNÉ.
JE NE PENSAIS PAS QU'ILS ENVERRAIENT UN NOVICE.
RAVI... DE FAIRE VOTRE CONNAISSANCE.

Endor.
"CHER PÈRE, J'ESPÈRE QUE VOUS ET MÈRE ALLEZ BIEN.
"VOUS SEREZ RAVIS D'APPRENDRE QUE, MALGRÉ VOS INQUIÉTUDES, JE ME SUIS PARFAITEMENT HABITUÉ À MA NOUVELLE AFFECTATION.

"MÊME SI JE N'AI PAS LE DROIT DE RÉVÉLER OÙ JE SUIS EN POSTE, C'EST UN ENDROIT MAGNIFIQUE.
"UN MONDE QUI N'A PRATIQUEMENT PAS ÉTÉ TOUCHÉ PAR DES ESPÈCES INTELLIGENTES, DE CE QUE J'AI VU.
"CE N'EST NATURELLEMENT **PAS** UNE BLAGUE AUX DÉPENS DE MES NOUVEAUX COLLÈGUES IMPÉRIAUX."
DÉGAGE !
"ILS SONT FORT SYMPATHIQUES. PEUT-ÊTRE UN PEU PLUS BRUTS DE DÉCOFFRAGE QUE DANS MES HABITUDES.
"LE LOGEMENT N'EST PAS AUSSI SPACIEUX QU'À LA MAISON. MAIS MA CHAMBRE EST TRÈS AGRÉABLE.
"ET J'AI TOUS LES SOUVENIRS DE LA MAISON QUE MÈRE M'A PRÉPARÉS POUR ME SENTIR PLUS À L'AISE.

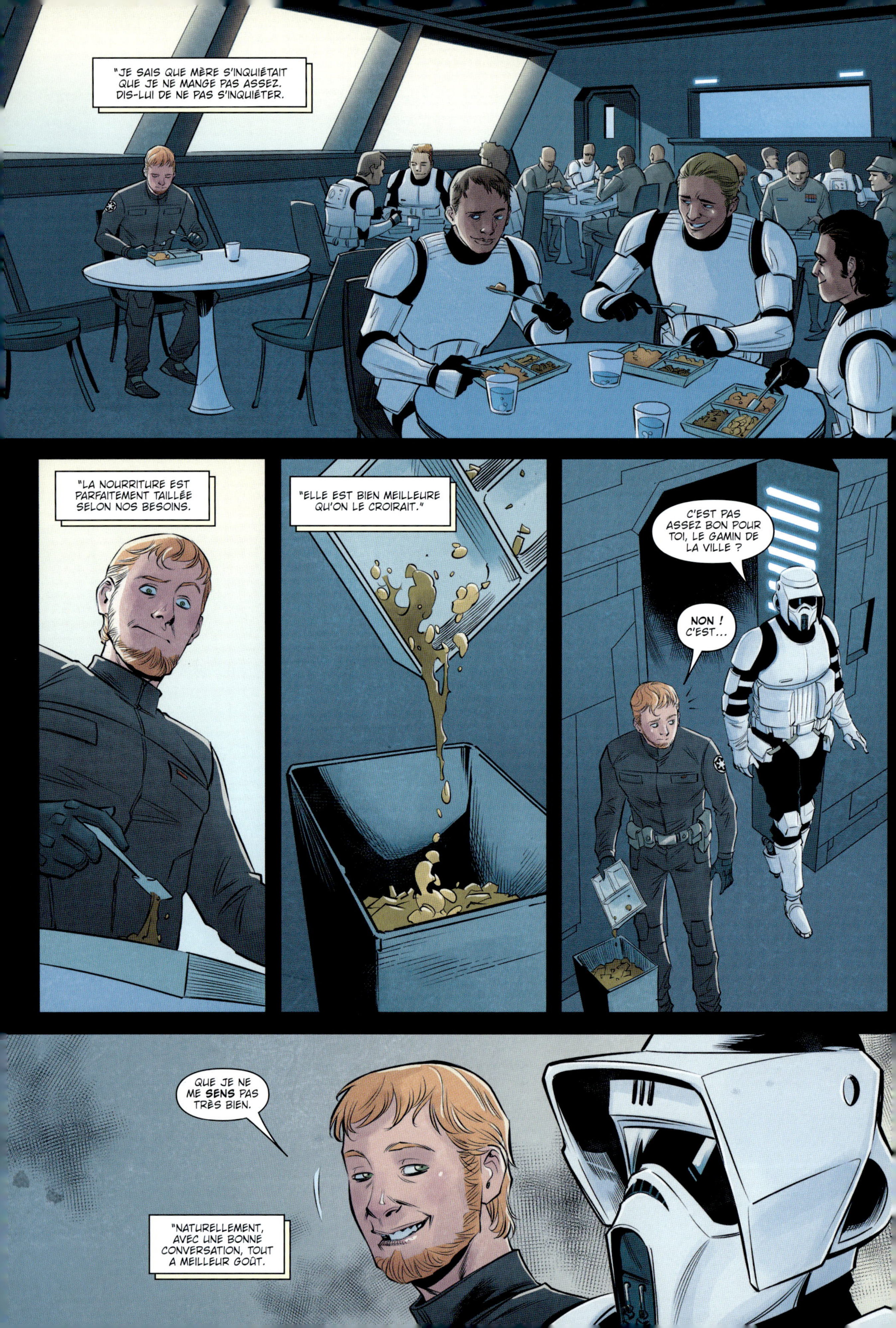

"JE SAIS QUE MÈRE S'INQUIÉTAIT QUE JE NE MANGE PAS ASSEZ. DIS-LUI DE NE PAS S'INQUIÉTER.
"LA NOURRITURE EST PARFAITEMENT TAILLÉE SELON NOS BESOINS.
"ELLE EST BIEN MEILLEURE QU'ON LE CROIRAIT."
C'EST PAS ASSEZ BON POUR TOI, LE GAMIN DE LA VILLE ?
NON ! C'EST...
QUE JE NE ME **SENS** PAS TRÈS BIEN.
"NATURELLEMENT, AVEC UNE BONNE CONVERSATION, TOUT A MEILLEUR GOÛT.

"LA VRAIE RAISON DE MA PRÉSENCE, LE TRAVAIL, RESTE TRÈS STIMULANTE."
MAIS J'AI FAIT CES TESTS **HIER**.
"JE PENSE QUE TU APPRÉCIERAIS LE SOUCI DU DÉTAIL QU'ONT LES IMPÉRIAUX."
C'ÉTAIT **AVANT** QU'ILS INSTALLENT LES NOUVEAUX COUPLEURS.
RECOMMENCEZ.
"IL DÉPASSE MÊME LE TIEN.
"CEUX AVEC QUI JE TRAVAILLE PARTAGENT MON ENTHOUSIASME POUR NOTRE TÂCHE."
FAUT-IL EFFECTUER LES TESTS DE TENSION UNE NOUVELLE FOIS ?
OUI, I-7Y. ENCORE UNE FOIS.
BIEN. C'EST L'UN DE MES TESTS **PRÉFÉRÉS**. ET VOUS L'EFFECTUEZ À LA PERFECTION.
VOYONS SI NOUS ARRIVONS À FAIRE CRIER LE SYSTÈME **CETTE** FOIS.
"JE CONTINUERAI DE FAIRE TA FIERTÉ ET CELLE DES TECHNOLOGIES GRENTH."

BONSOIR, TOUT LE MONDE ! PARDON DE VOUS INTERROMPRE...
QUEL EST LE SUJET DE DISCUSSION DU JOUR ?
... LES DERNIERS HOLOTEXTES QU'ON A TOUS LUS.
HAHAHAHA ! NON, SÉRIEUSEMENT.
ÇA VOUS FAIT RIRE QU'ON DISCUTE DES HOLOTEXTES ?
NON ! BIEN SÛR QUE NON ! J'ALLAIS JUSTE...
... M'ASSEOIR AILLEURS.

HMMM...
"JE NE COMPRENDS PAS EN QUOI C'EST PERTINENT POUR NOTRE MISSION."

C'EST SIMPLE. NOTRE TÂCHE EST DE NOUS ASSURER QUE **TOUS** LES SYSTÈMES DU COMPLEXE COMMUNIQUENT ENTRE EUX.
IL ME SEMBLE QUE LES ÊTRES INTELLIGENTS SE SENTENT **INSULTÉS** QUAND ON LES TRAITE DE **SYSTÈMES**.
SI LES MEMBRES DU PERSONNEL SONT DISTRAITS PAR LEUR INCAPACITÉ À COMMUNIQUER **ENTRE EUX**...
... CELA NE **NUIRA-T-IL** PAS À LA MISSION DANS SON ENSEMBLE ?
J'IMAGINE QUE CELA FAIT **PRESQUE** SENS. EN QUELQUE SORTE.
IL FAUDRAIT QUE TU ACCÈDES À LEUR RÉSEAU DE COMMUNICATION PERSONNEL ET QUE TU ENVOIES UN MESSAGE QUI LES **INCITE** À PARLER.
MA SŒUR LE FAIT **TOUT** LE TEMPS. DIS QUELQUE CHOSE DU GENRE QU'IL "*L'ADMIRE DE LOIN*". DES TRUCS FLEUR BLEUE, **ROMANTIQUES**.
TRÈS BIEN. ET QUELS SONT LEURS **NOMS** ?
ON... ON N'A PAS EU DE **CONVERSATION COMPLÈTE** POUR L'INSTANT.
TU AS ACCÈS AUX IMAGES D'IDENTIFICATION DU PERSONNEL ?

... PAS MOI !
ÇA VENAIT DE TES COMMUNICATIONS.
ÇA DEVAIT ÊTRE UN GENRE DE FARCE.
JE JURE SUR L'EMPEREUR QUE JE N'AI QUE DU RESPECT POUR TOI ET TON MARIAGE !
SI JAMAIS TU ME REGARDES ENCORE DE TRAVERS...
PLUS JAMAIS ! C'EST JURÉ !

HMM...

C'EST VRAIMENT MAGNIF...
RUSTLE RUSTLE
EUH... BONJOUR ?
RUSTLE RUSTLE
JE VOUS PRÉVIENS ! JE SUIS ARMÉ...

OH !
SALUT, MON PETIT. TOUT VA BIEN.
FRO KAH NOLA ?
TU AS UN PETIT CHAPEAU ! C'EST TOI QUI L'AS FAIT ?
J'IMAGINE QUE TU NE ME **COM-PRENDS** PAS...
INUTILE D'AVOIR **PEUR**.
TU VEUX UN PEU DE CETTE **PSEUDO-NOURRITURE** ?

FRO KAH WINAH TOH.
C'EST UNE... LANCE ?
FRO ! FROOOOU !
ALLONS, ALLONS, DU CALME.
PAS BESOIN DE RECOURIR À LA VIOLENCE...
KAH !

GAAAH !
TUH LOFAAH !
N... NE...
PEW PEW
CRACK
EEEEEEEEE!

QU'EST-CE QUE TU FAIS ICI ?
JE... JE PRENAIS UN PEU L'AIR.
IL Y A DES FORMES DE VIES INDIGÈNES HOSTILES DANS LA ZONE.
IL N'Y AVAIT PAS DE PANNEAU OU...
IL FAUT VRAIMENT UN PANNEAU POUR QUE TU N'AILLES PAS DANS UNE ZONE DANGEREUSE ?
NON ! JE NE SUIS PAS IDIOT ! MAIS...
JE NE SAVAIS PAS.

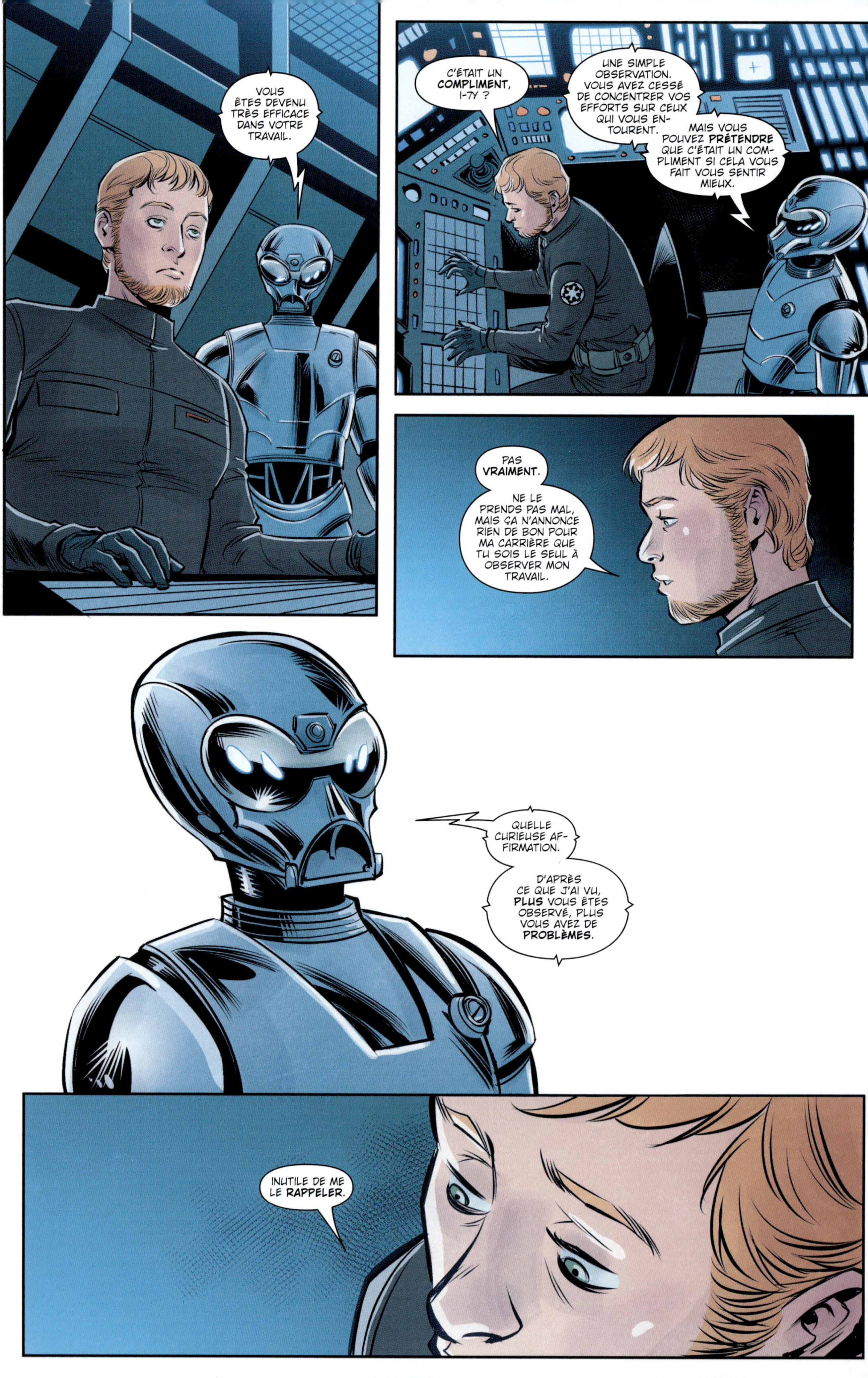
VOUS ÊTES DEVENU TRÈS EFFICACE DANS VOTRE TRAVAIL.
C'ÉTAIT UN COMPLIMENT, I-7Y ?
UNE SIMPLE OBSERVATION. VOUS AVEZ CESSÉ DE CONCENTRER VOS EFFORTS SUR CEUX QUI VOUS EN-TOURENT.
MAIS VOUS POUVEZ PRÉTENDRE QUE C'ÉTAIT UN COM-PLIMENT SI CELA VOUS FAIT VOUS SENTIR MIEUX.
PAS VRAIMENT.
NE LE PRENDS PAS MAL, MAIS ÇA N'ANNONCE RIEN DE BON POUR MA CARRIÈRE QUE TU SOIS LE SEUL À OBSERVER MON TRAVAIL.
QUELLE CURIEUSE AF-FIRMATION.
D'APRÈS CE QUE J'AI VU, PLUS VOUS ÊTES OBSERVÉ, PLUS VOUS AVEZ DE PROBLÈMES.
INUTILE DE ME LE RAPPELER.

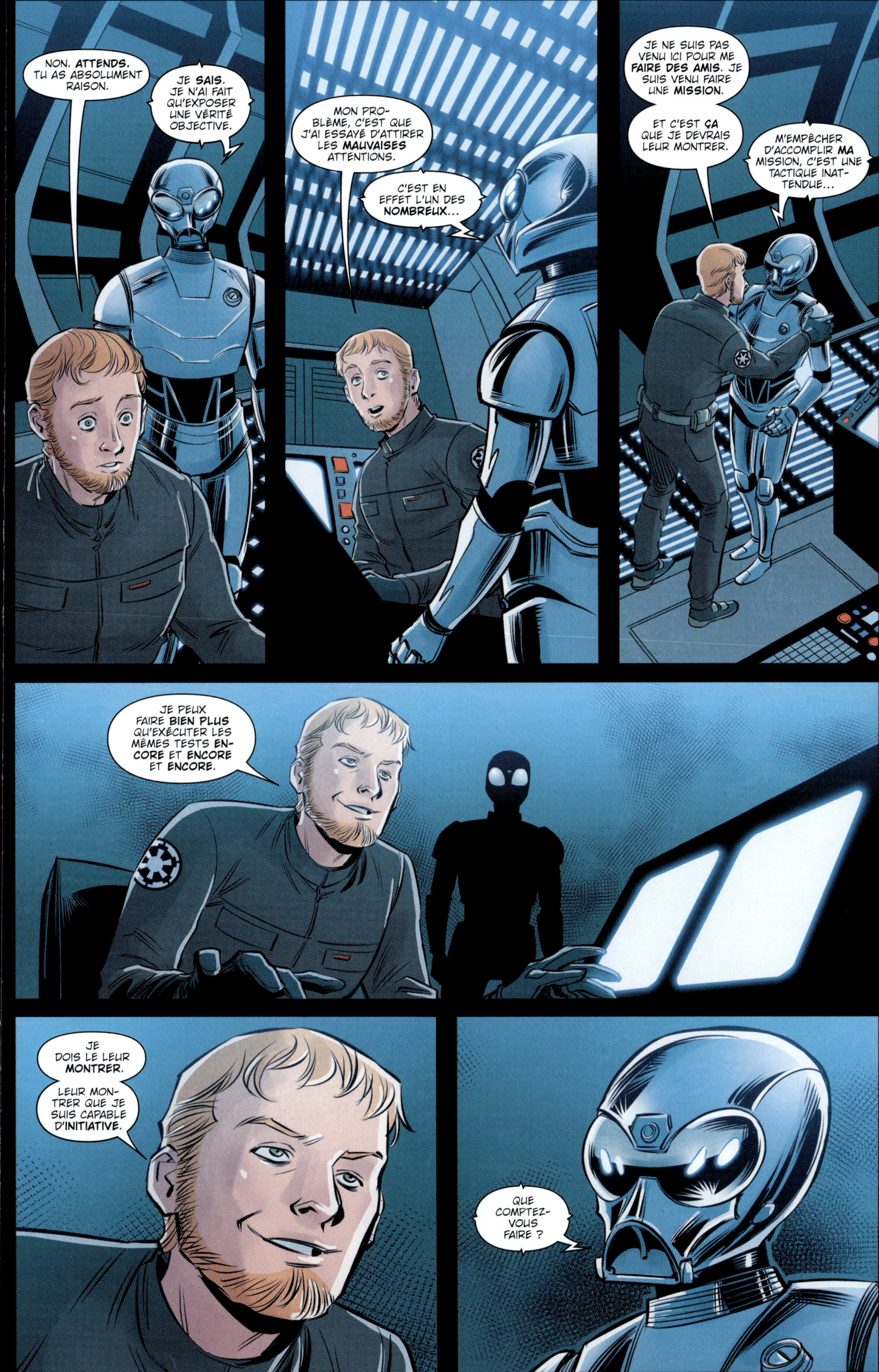
NON. **ATTENDS.** TU AS ABSOLUMENT RAISON.
JE **SAIS**. JE N'AI FAIT QU'EXPOSER UNE VÉRITÉ OBJECTIVE.
MON PROBLÈME, C'EST QUE J'AI ESSAYÉ D'ATTIRER LES **MAUVAISES** ATTENTIONS.
C'EST EN EFFET L'UN DES **NOMBREUX**...
JE NE SUIS PAS VENU ICI POUR ME **FAIRE DES AMIS**. JE SUIS VENU FAIRE UNE **MISSION**.
ET C'EST **ÇA** QUE JE DEVRAIS LEUR MONTRER.
M'EMPÊCHER D'ACCOMPLIR **MA** MISSION, C'EST UNE TACTIQUE INATTENDUE...
JE PEUX FAIRE **BIEN PLUS** QU'EXÉCUTER LES MÊMES TESTS **ENCORE** ET **ENCORE** ET **ENCORE**.
JE DOIS LE LEUR **MONTRER**.
LEUR MONTRER QUE JE SUIS CAPABLE D'**INITIATIVE**.
QUE COMPTEZ-VOUS FAIRE ?

LES TECHNOLOGIES GRENTH ONT **TOUJOURS** GAGNÉ DE L'ARGENT GRÂCE À DES CODES D'ACCÈS **PROPRIÉTAIRES**.
UN TECHNICIEN **HUMAIN** DOIT RENTRER LES CODES POUR **TOUS** LES TESTS, CHAQUE FOIS QU'ILS SONT EXÉCUTÉS.
DÉSOLÉ, MAIS LES DROÏDES RENDENT ENCORE PAS MAL DE GENS NERVEUX.
JE NE COMPRENDS PAS POURQUOI.
MAIS SI GRENTH EST **DE TOUTE FAÇON** GÉRÉ PAR L'EMPIRE, À PRÉSENT...
... PAS BESOIN DE **S'INQUIÉTER** DES PROFITS.
JE PEUX GÉNÉRER UN DÉBLOCAGE RAPIDE POUR ENTRER LE CODE DANS **TOUS** LES PROCESSUS MAJEURS.
CELA **DEVRAIT** PERMETTRE AUX TESTS D'ÊTRE AUTOMATISÉS.
MAIS CELA NE VOUS RENDRAIT-IL PAS **INUTILE** ?
JE SUIS SEULEMENT ICI LE TEMPS QUE L'INSTALLATION SOIT TERMINÉE. MAIS SI JE **PROUVE** QUE NOS SYSTÈMES PEUVENT ÊTRE PLUS EFFICIENTS...
... IL Y AURA D'AUTRES USAGES, D'AUTRES **INSTALLATIONS** SANS QUE JE SOIS OBLIGÉ D'ÊTRE **PRÉSENT** TOUT AU LONG DES TESTS.
JE POURRAI **ENFIN** EXPLORER LA GALAXIE.

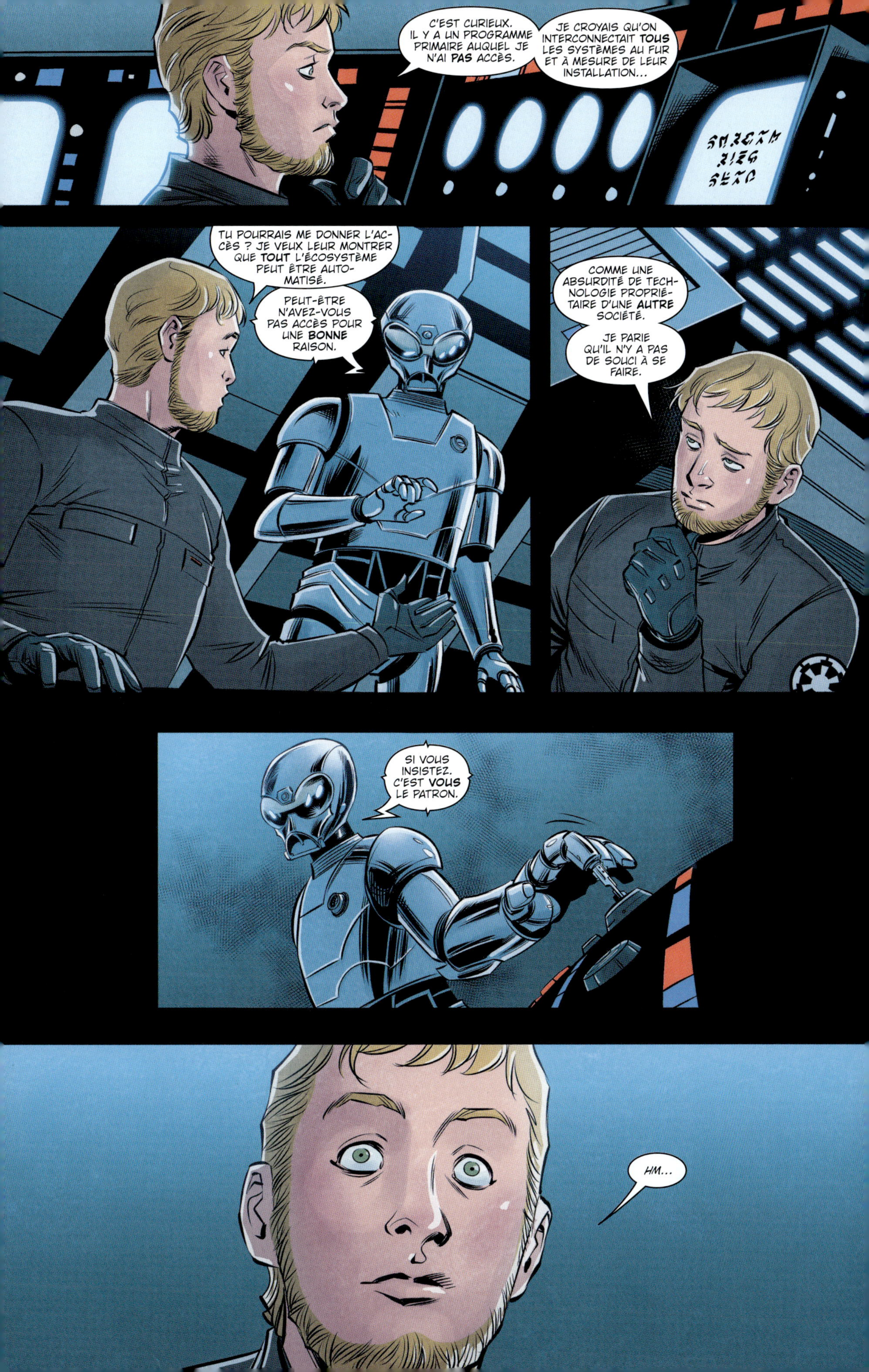
C'EST CURIEUX. IL Y A UN PROGRAMME PRIMAIRE AUQUEL JE N'AI PAS ACCÈS.
JE CROYAIS QU'ON INTERCONNECTAIT TOUS LES SYSTÈMES AU FUR ET À MESURE DE LEUR INSTALLATION...
TU POURRAIS ME DONNER L'ACCÈS ? JE VEUX LEUR MONTRER QUE TOUT L'ÉCOSYSTÈME PEUT ÊTRE AUTOMATISÉ.
PEUT-ÊTRE N'AVEZ-VOUS PAS ACCÈS POUR UNE BONNE RAISON.
COMME UNE ABSURDITÉ DE TECHNOLOGIE PROPRIÉTAIRE D'UNE AUTRE SOCIÉTÉ.
JE PARIE QU'IL N'Y A PAS DE SOUCI À SE FAIRE.
SI VOUS INSISTEZ. C'EST VOUS LE PATRON.
HM...

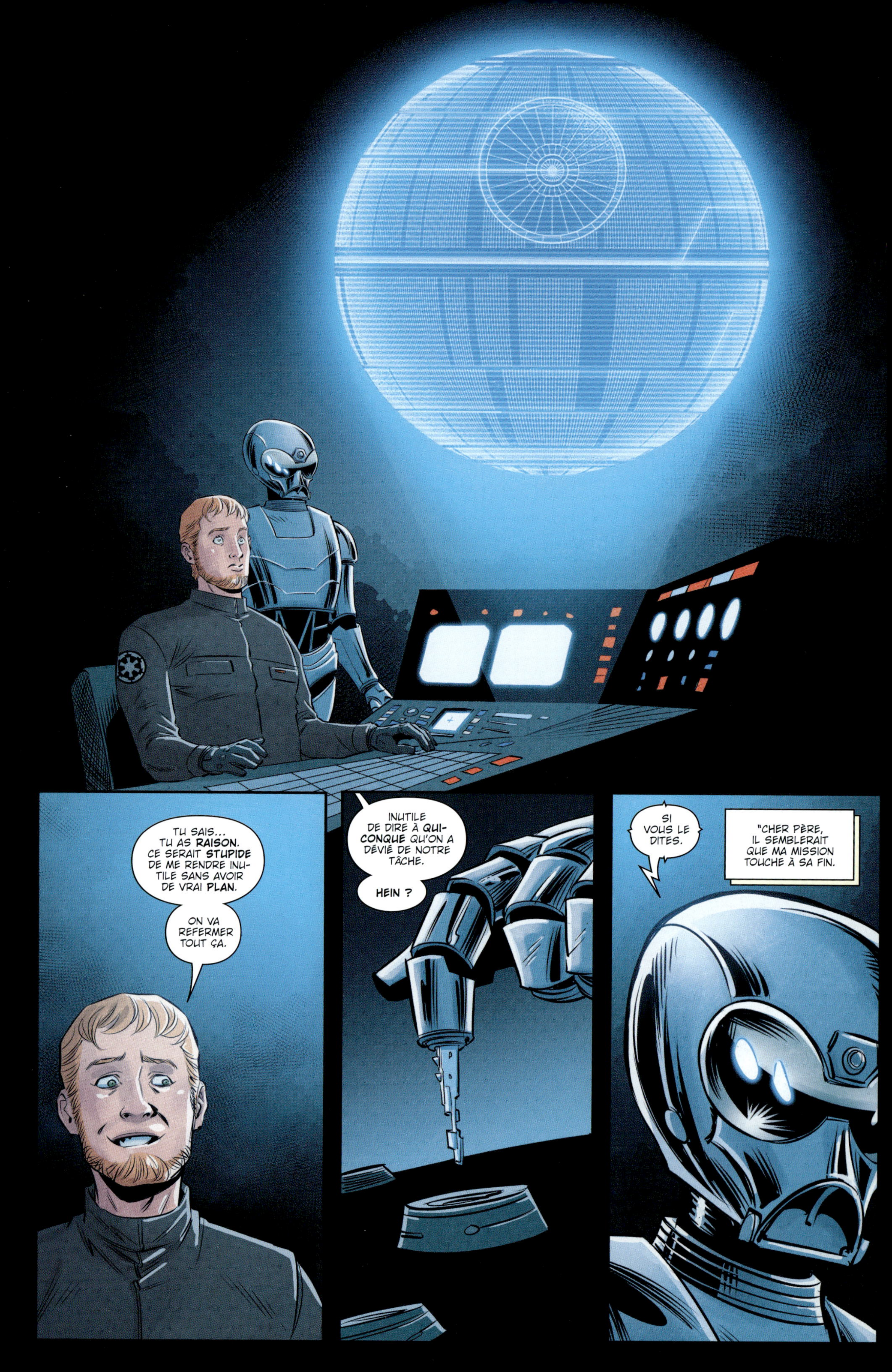
TU SAIS... TU AS RAISON. CE SERAIT STUPIDE DE ME RENDRE INUTILE SANS AVOIR DE VRAI PLAN.
ON VA REFERMER TOUT ÇA.
INUTILE DE DIRE À QUICONQUE QU'ON A DÉVIÉ DE NOTRE TÂCHE.
HEIN ?
SI VOUS LE DITES.
"CHER PÈRE, IL SEMBLERAIT QUE MA MISSION TOUCHE À SA FIN.

"JE SERAI TRISTE DE FAIRE MES ADIEUX AUX GENS ADORABLES QUE J'AI RENCONTRÉS ICI.
"MAIS JE DOIS AVOUER QUE MON LIT ME MANQUE.
"AU FINAL, J'AURAI TRAVAILLÉ DUR POUR HONORER LE NOM DES GRENTH.
"J'ESPÈRE QUE CE SERA LA PREMIÈRE DE NOMBREUSES INSTALLATIONS SIMILAIRES POUR L'EMPIRE.
"MAIS POUR L'INSTANT, J'AI HÂTE DE RENTRER CHEZ MOI."

RILO GRENTH ?
... OUI ?
NOUS AVONS QUELQUES **QUESTIONS** AVANT VOTRE DÉPART.
UN **ENTRETIEN FINAL**, EN QUELQUE SORTE.
MAIS LA NAVETTE...
VOUS N'AUREZ QU'À PRENDRE LA **SUIVANTE**.
À VOS ORDRES.

POURQUOI ÊTES-VOUS ICI, M. GRENTH ?
OH, APPELEZ-MOI RILO.
JE SUIS VENU INSTALLER ET TESTER LES PROTOCOLES D'INTERCONNECTIVITÉ DU SYSTÈME. SURTOUT LES TESTER.
ET QUI VOUS A ENVOYÉ ICI ?
LES TECHNOLOGIES GRENTH ?
NON ! ATTENDEZ ! C'EST L'EMPIRE QUI M'A ENVOYÉ.
PARCE QUE L'EMPIRE CONTRÔLE LES TECHNOLOGIES GRENTH.
JE NE VOUS ACCUSE PAS DE POSER DES QUESTIONS PIÈGES. SAUF SI... C'EST LE CAS ?
AVEZ-VOUS L'IMPRESSION QUE CECI EST UN TEST, M. GRENTH ?
JE NE SAIS PAS VRAIMENT CE QUE C'EST.

NOUS ALLONS REGARDER VOS ACTIVITÉS DANS CETTE INSTALLATION, VOULEZ-VOUS ?
VOUS ÊTES SORTI DU COMPLEXE SANS AUTORISATION.
VOUS AVEZ ATTIRÉ DES AUTOCHTONES HOSTILES PRÈS DU COMPLEXE.
VOUS AVEZ NOURRI LE CONFLIT AU SEIN DES FORCES MILITAIRES IMPÉRIALES.
JE NE VOIS PAS...
SILENCE !
VOUS AVEZ ENVOYÉ DES MESSAGES CODÉS AU SUJET DE L'INSTALLATION À DES TIERS SANS PERMISSION.
DES MESSAGES...
J'ÉCRIVAIS À MON PÈRE !
UN PÈRE QUI N'ÉTAIT PAS RAVI DE CÉDER LE CONTRÔLE DE SON AFFAIRE À L'EMPIRE, IL ME SEMBLE.

ET LA PREUVE LA PLUS ACCA-BLANTE...
... VOUS AVEZ PIRATÉ DES SYS-TÈMES MILITAIRES CONFIDENTIELS.
... M'A FORCÉ À DÉVERROUILLER L'ACCÈS AUX SYSTÈMES.
ET IL M'A DEMANDÉ DE NIER L'AVOIR FAIT.
ET SON PRÉTEXTE POUR LE FAIRE ÉTAIT SI PEU CRÉDIBLE QUE C'EN ÉTAIT GÊNANT.
ET NUISIBLE À SON PROPRE EMPLOI.
VOILÀ POURQUOI LES GENS SE MÉFIENT DES DROÏDES.
POURQUOI NE ME DITES-VOUS PAS CE QUI SE PROFILE POUR VOUS, M. GRENTH ?
QUE JE DOIS... FAIRE MIEUX MON TRAVAIL ?

QUE CECI RESSEMBLE AUX ACTES D'UN AGENT REBELLE, M. GRENTH.
REB... NON ! JE SUIS UN CITOYEN LOYAL DE L'EMPIRE.
D'APRÈS VOTRE DOSSIER, VOUS ÊTES SOIT UN ESPION REBELLE, SOIT UN DANGEREUX INCOMPÉTENT.
ALORS, DITES-MOI PRÉCISÉMENT EN QUOI VOUS REPRÉSENTEZ UNE MENACE POUR L'EMPIRE.
JE... JE NE VAIS PAS RENTRER CHEZ MOI, C'EST ÇA ?
NON, M. GRENTH. J'AI PEUR QUE NON.

SEPTIÈME COUCHETTE SUR LA DROITE.
POURQUOI ILS T'ONT ENVOYÉ LÀ ?
C'EST... À MOI QUE VOUS PARLEZ ?
TU ES LE SEUL NOUVEAU QUE JE VOIS.
VOUS NE ME CROIRIEZ PAS SI JE VOUS LE DISAIS.
ESSAYE.

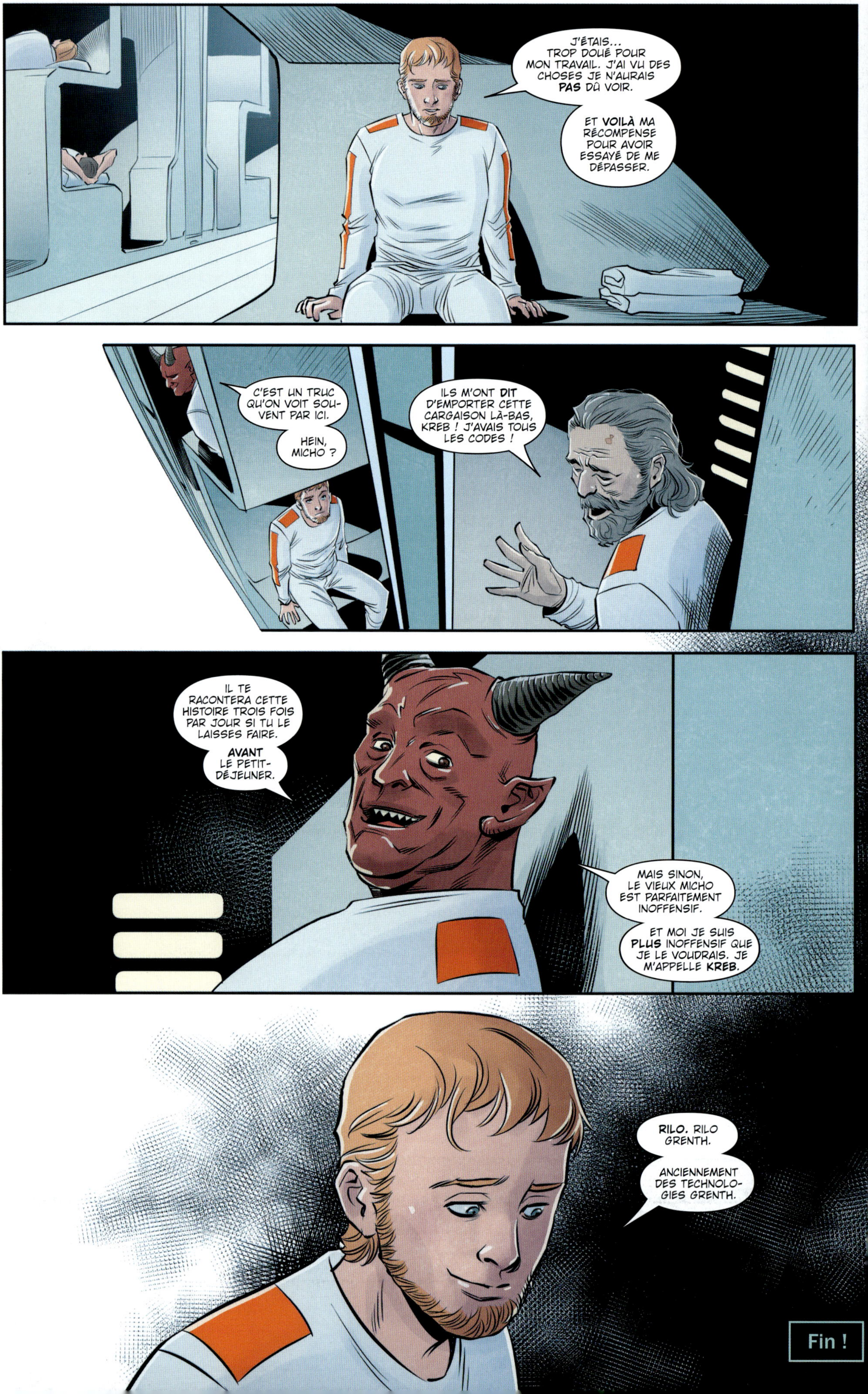

J'ÉTAIS... TROP DOUÉ POUR MON TRAVAIL. J'AI VU DES CHOSES JE N'AURAIS PAS DÛ VOIR.
ET VOILÀ MA RÉCOMPENSE POUR AVOIR ESSAYÉ DE ME DÉPASSER.
C'EST UN TRUC QU'ON VOIT SOUVENT PAR ICI.
HEIN, MICHO ?
ILS M'ONT DIT D'EMPORTER CETTE CARGAISON LÀ-BAS, KREB ! J'AVAIS TOUS LES CODES !
IL TE RACONTERA CETTE HISTOIRE TROIS FOIS PAR JOUR SI TU LE LAISSES FAIRE.
AVANT LE PETIT-DÉJEUNER.
MAIS SINON, LE VIEUX MICHO EST PARFAITEMENT INOFFENSIF.
ET MOI JE SUIS PLUS INOFFENSIF QUE JE LE VOUDRAIS. JE M'APPELLE KREB.
RILO. RILO GRENTH.
ANCIENNEMENT DES TECHNOLOGIES GRENTH.
Fin !

L'ALLIANCE REBELLE

COUVERTURE : **RYAN BROWN**

UN TIR FATAL

À la veille de ce qui pourrait être un tournant dans le conflit brutal entre l'Alliance Rebelle et l'Empire Galactique, un assassin solitaire se prépare à saper les Rebelles d'une seule pression sur sa gâchette.

Mais l'Alliance est prête à tout, et l'AMIRAL ACKBAR reçoit un message urgent du réseau d'espions rebelles qui le prévient de la future tentative d'assassinat de la dirigeante des Rebelles, MON MOTHMA.

Ne pouvant laisser passer une information vitale, MOTHMA compte honorer son rendez-vous, ce qui oblige ACKBAR à engager deux de ses alliés les plus fiables pour découvrir le mystère de l'assassin avant qu'il ne soit trop tard....

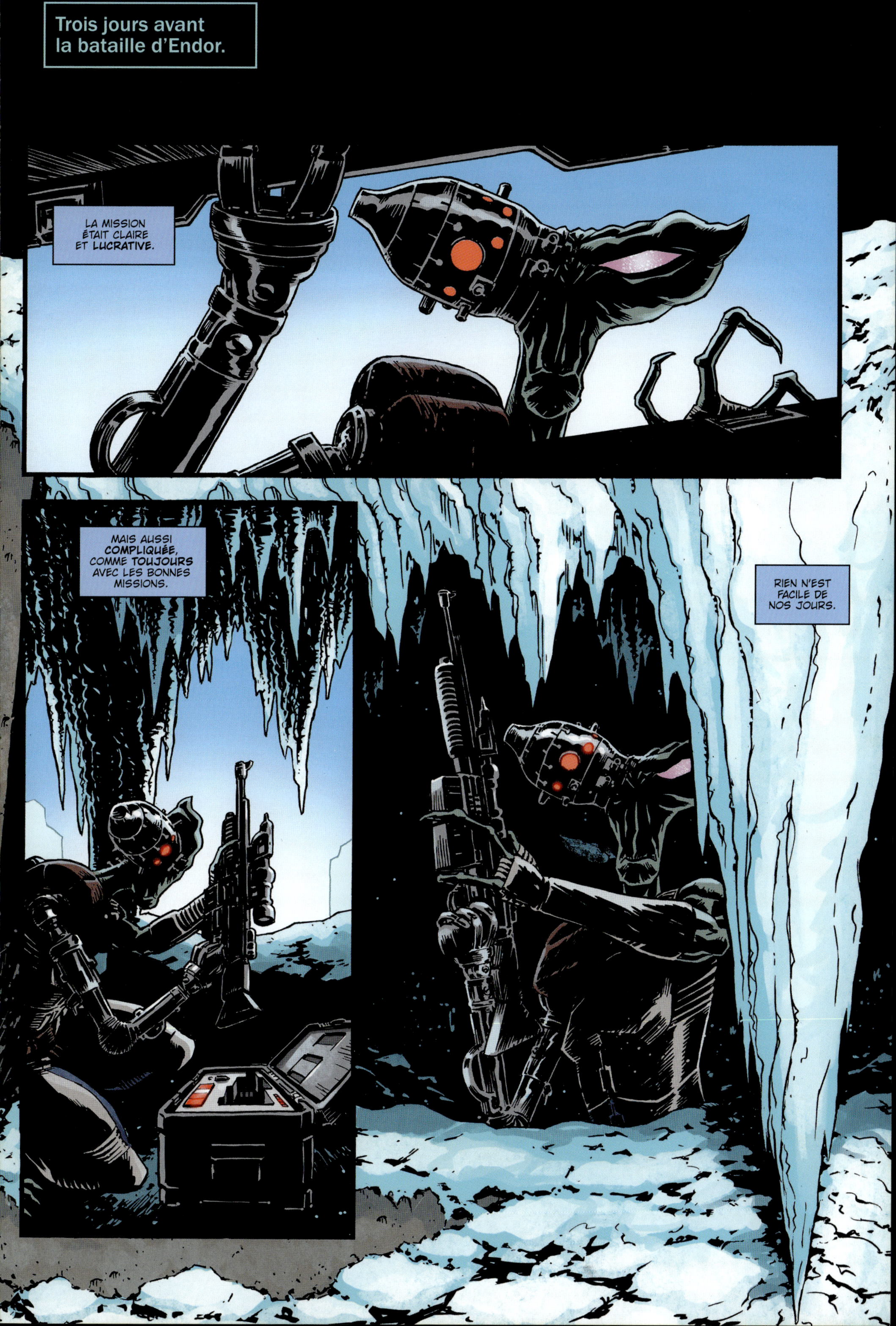
Trois jours avant la bataille d'Endor.
LA MISSION ÉTAIT CLAIRE ET LUCRATIVE.
MAIS AUSSI COMPLIQUÉE, COMME TOUJOURS AVEC LES BONNES MISSIONS.
RIEN N'EST FACILE DE NOS JOURS.

C'EST UNE ARME D'ÉPOQUE.
UN A280 RESTAURÉ. MA **CHÉRIE**.
JE NE M'EN SERS QUE POUR LES MISSIONS **IMPORTANTES**. ELLE EST TROP FRAGILE, SINON.
MAIS CETTE MISSION ?
ELLE EST **UNIQUE**.

MON MOTHMA.
FAIRE TOMBER TOUTE LA **RÉBELLION** D'UN SEUL COUP DE BLASTER, ÇA N'ARRIVE QU'UNE FOIS.

Six jours avant
la Bataille d'Endor.
Sullust, planète désolée et couverte de lave. Zone de préparation pour la Flotte Rebelle.
AMIRAL ACKBAR... MESSAGE CODÉ EN APPROCHE, IL EST CLASSÉ URGENT.
QUOI ENCORE ?
PRRZZZT
BUCCEL TRUNE ! J'ESPÈRE QUE C'EST IMPORTANT... VOUS SAVEZ AUSSI BIEN QUE MOI...
ÇA NE POUVAIT PAS ATTENDRE, AMIRAL.
QU'EST-CE QUE C'EST, TRUNE ?

NOUS AVONS REÇU DES RENSEIGNEMENTS **ALARMANTS**... ILS NE SONT PAS COMPLÈTEMENT VÉRIFIÉS, MAIS LA SOURCE EST EXTRÊMEMENT FIABLE.
IL SE PRÉPARERAIT UNE TENTATIVE DE FRAPPE, AU CŒUR MÊME DE LA RÉBELLION.
VOUS DEVRIEZ AVANCER VOTRE RETRAITE SUR **YUNGBRII**... LA NOUVELLE ÉTOILE DE LA MORT SERA ACHEVÉE AVANT QUE VOUS AYEZ TERMINÉ VOTRE COMPTE RENDU.
BIEN COMPRIS. TOUTES MES EXCUSES, AMIRAL.
NOUS AVONS APPRIS QU'IL SE MONTE UN ASSASSINAT VISANT... EUH... VISANT **MON MOTHMA**, AMIRAL.
QUEL **GENRE** D'ASSASSINAT ? CES ALERTES SONT DIFFÉRENTES DES RUMEURS HABITUELLES ?
C'EST LE PROBLÈME, AMIRAL... SI NOUS N'AVONS PAS PU VÉRIFIER LES DÉTAILS AUTOUR DE CETTE TENTATIVE VISANT MOTHMA...

"... NOUS POUVONS PRESQUE GARANTIR QU'ELLE EST SÉRIEUSE... ET IMMINENTE."
NOUS N'Y POUVONS RIEN, MON AMI.
NOUS DEVONS CONTINUER COMME PRÉVU.
JE COMPRENDS, ET JE SUIS COMPLÈTEMENT D'ACCORD... MAIS DEUX CHOSES PEUVENT EXISTER EN MÊME TEMPS, SÉNATRICE.
NOUS POUVONS CONTINUER NOTRE LUTTE TOUT EN PROTÉGEANT LES NÔTRES.
ET SI LES RENSEIGNEMENTS DE TRUNE SONT FAUX ?
ALORS ? NOUS FAISONS ABSTRACTION DE CES RESSOURCES DÉPENSÉES POUR ME PROTÉGER... EN DISANT QUE C'EST LE PRIX DES AFFAIRES ?
DES RESSOURCES QUI POURRAIENT ÊTRE BIEN MIEUX DÉPENSÉES ET CHANGER LA DONNE CONTRE L'EMPIRE TOUT ENTIER ?

NOUS SOMMES DÉJÀ EMPÊTRÉS DANS LA THÉORIE... NE NOUS ENFONÇONS PAS DAVANTAGE.
NOUS DEVONS VOUS **PROTÉGER**, NOUS DEVONS PROTÉGER LES CHEFS DE LA RÉBELLION SI NOUS VOULONS UNE CHANCE D'AVOIR UNE RÉPUBLIQUE.
J'AI ENTENDU VOTRE AVIS, MAIS SOYONS **HONNÊTES**...
... NOUS NE SAVONS **RIEN** DE CE **PRÉTENDU ASSASSINAT**, NON ?
C'EST LE DOUBLE TRANCHANT DU RENSEIGNEMENT, MON.
LES DÉTAILS SONT **MAIGRES**, MAIS L'ENSEMBLE FAIT SENS.
BUCCEL TRUNE EST UN PEUREUX, MAIS IL FAIT BIEN **SON TRAVAIL**.
ET SON TRAVAIL, C'EST **D'ESPIONNER**.
OUI, JE COMPRENDS. ÇA NE ME **PLAÎT PAS**, MAIS JE COMPRENDS.

SI LES COMPTES RENDUS DE TRUNE SONT CORRECTS, QUELQU'UN ME PROPOSERA BIENTÔT UNE RENCONTRE.
ELLE SERA URGENTE. ELLE VIENDRA D'UNE SOURCE FIABLE.
ET LÀ ? JE SERAI CENSÉE L'IGNORER ?
C'EST LE SEUL MOYEN DE S'ASSURER...
ÉCOUTEZ-MOI BIEN, AMIRAL... JE NE ME RÉPÉTERAI PAS.
LA RÉBELLION NE GÂCHERA PAS UNE SEULE RESSOURCE QUI POURRAIT SERVIR À VAINCRE L'EMPIRE POUR DÉBUSQUER UN PRÉTENDU TUEUR. COMPRIS ?
L'EMPIRE APPRENDRA BIENTÔT QU'IL NE PEUT VAINCRE UN MOUVEMENT EN TUANT UNE PERSONNE.

"TOUT COMME NOUS APPRENDRONS BIENTÔT À L'ÉRADIQUER."
ELLE FONCE DANS UN PIÈGE. NOUS DEVONS LA PROTÉGER.
ELLE N'A PAS TORT, CECI DIT.
ÉVIDEMMENT. C'EST POUR ÇA QUE C'EST NOTRE CHEFFE. ELLE EST PLUS COURAGEUSE ET DÉSINTÉRESSÉE QUE L'EMPIRE NE POURRA JAMAIS LE PRÉDIRE.
POURQUOI VOUS M'AVEZ APPELÉ ?
NOUS SOMMES AU BORD D'UN ÉVÉNEMENT IMMENSE, HISTORIQUE. JE LE SENS.
IL FAUT QUE TOUT SE PASSE BIEN SI NOUS VOULONS AVOIR LA MOINDRE CHANCE DE RÉUSSIR.
C'EST UN EUPHÉMISME DE DIRE QUE CECI NOUS FRAPPE AU PIRE MOMENT POUR NOUS. POUR LA GALAXIE.
DITES-MOI... COMMENT PUIS-JE VOUS AIDER ?
J'AI BESOIN QUE VOUS UTILISIEZ TOUT CE QUE VOUS AVEZ APPRIS ET RASSEMBLÉ POUR DÉCOUVRIR QUI COMPTE TUER MON MOTHMA.
MAIS VOUS NE POURREZ Y ARRIVER SEUL.

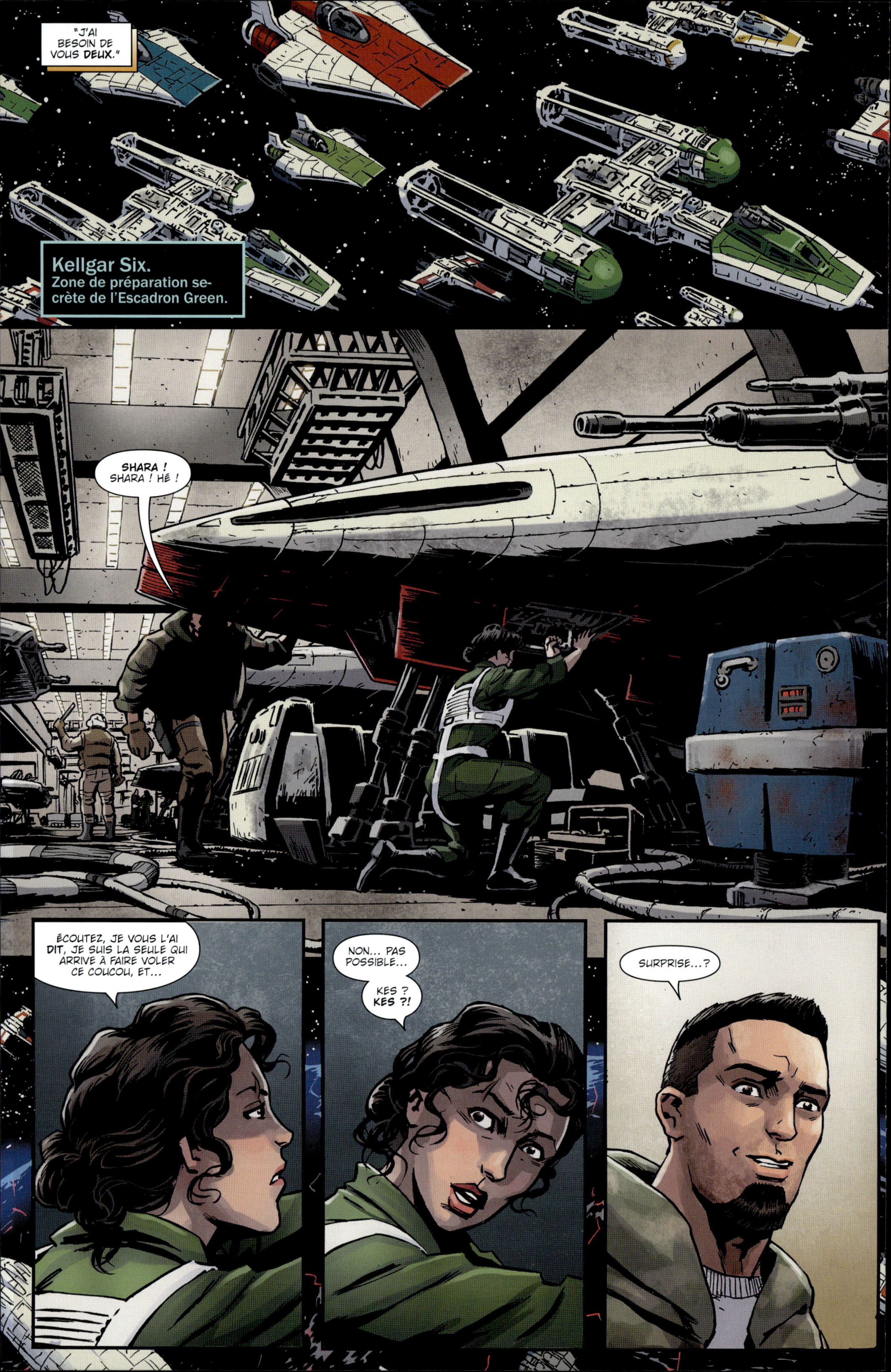
"J'AI BESOIN DE VOUS DEUX."
Kellgar Six.
Zone de préparation secrète de l'Escadron Green.
SHARA ! SHARA ! HÉ !
ÉCOUTEZ, JE VOUS L'AI DIT, JE SUIS LA SEULE QUI ARRIVE À FAIRE VOLER CE COUCOU, ET...
NON... PAS POSSIBLE...
KES ? KES ?!
SURPRISE...?

COMMENT...? JE TE CROYAIS AVEC LES AUTRES PATHFINDERS... EN TRAIN DE VOUS PRÉPARER POUR...
C'ÉTAIT LE CAS, SHARA... MAIS ON M'A APPELÉ. ON NOUS A APPELÉS.
C'EST URGENT.
MAIS POURQUOI MAINTENANT ? JUSTE AVANT QU'ON S'ATTAQUE À L'ÉTOILE DE LA MORT. ENFIN...
JE SAIS. JE SAIS. MAIS ACKBAR NE DEMANDERAIT PAS SI CE N'ÉTAIT PAS IMPORTANT.
ACKBAR ? ALORS, C'EST SÉRIEUX.
JE VAIS T'EXPLIQUER. C'EST PROMIS.
TU AS INTÉRÊT.

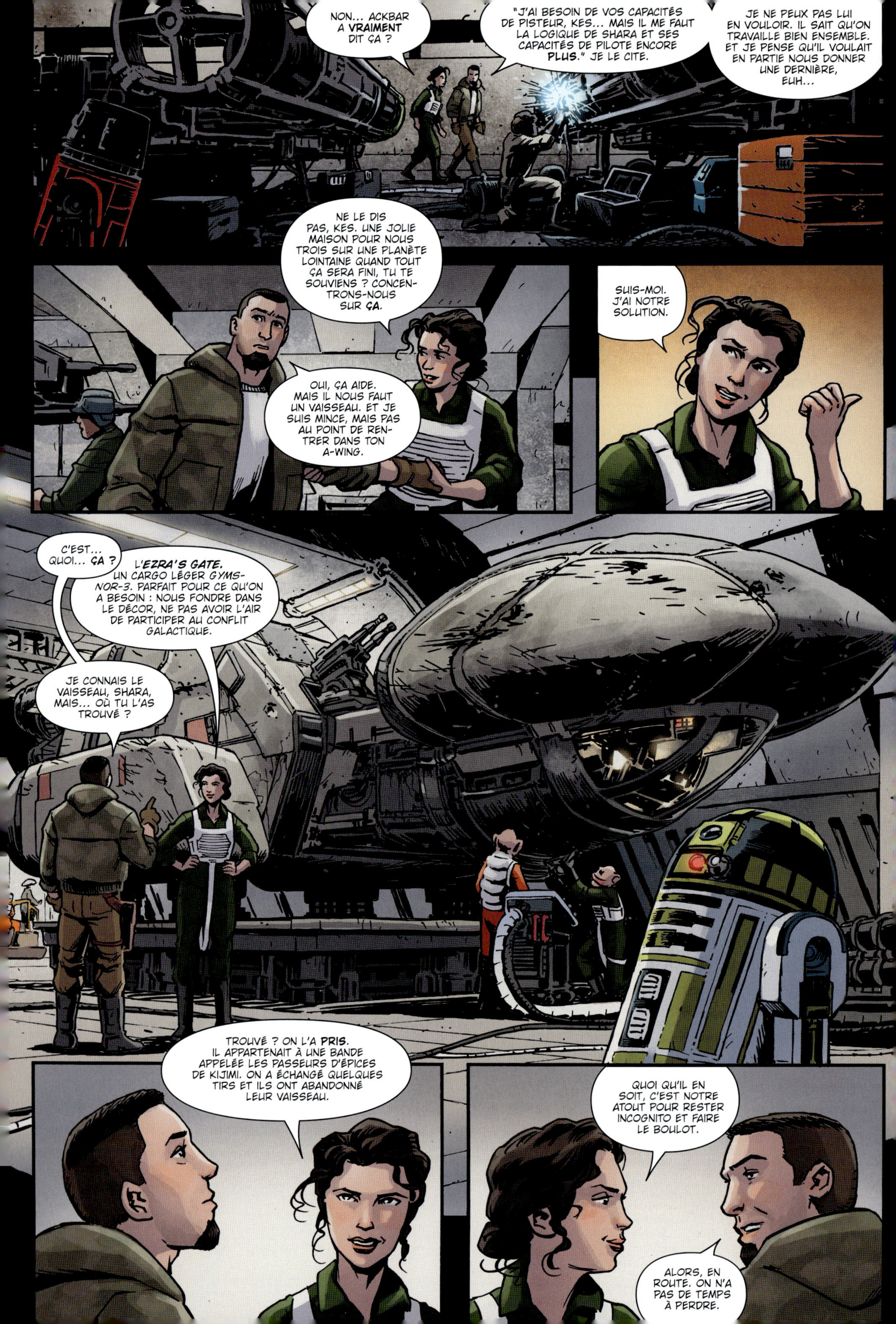
NON... ACKBAR A VRAIMENT DIT ÇA ?
"J'AI BESOIN DE VOS CAPACITÉS DE PISTEUR, KES... MAIS IL ME FAUT LA LOGIQUE DE SHARA ET SES CAPACITÉS DE PILOTE ENCORE PLUS." JE LE CITE.
JE NE PEUX PAS LUI EN VOULOIR. IL SAIT QU'ON TRAVAILLE BIEN ENSEMBLE. ET JE PENSE QU'IL VOULAIT EN PARTIE NOUS DONNER UNE DERNIÈRE, EUH...
NE LE DIS PAS, KES. UNE JOLIE MAISON POUR NOUS TROIS SUR UNE PLANÈTE LOINTAINE QUAND TOUT ÇA SERA FINI, TU TE SOUVIENS ? CONCENTRONS-NOUS SUR ÇA.
OUI, ÇA AIDE. MAIS IL NOUS FAUT UN VAISSEAU. ET JE SUIS MINCE, MAIS PAS AU POINT DE RENTRER DANS TON A-WING.
SUIS-MOI. J'AI NOTRE SOLUTION.
C'EST... QUOI... ÇA ?
L'EZRA'S GATE. UN CARGO LÉGER GYMSNOR-3. PARFAIT POUR CE QU'ON A BESOIN : NOUS FONDRE DANS LE DÉCOR, NE PAS AVOIR L'AIR DE PARTICIPER AU CONFLIT GALACTIQUE.
JE CONNAIS LE VAISSEAU, SHARA, MAIS... OÙ TU L'AS TROUVÉ ?
TROUVÉ ? ON L'A PRIS. IL APPARTENAIT À UNE BANDE APPELÉE LES PASSEURS D'ÉPICES DE KIJIMI. ON A ÉCHANGÉ QUELQUES TIRS ET ILS ONT ABANDONNÉ LEUR VAISSEAU.
QUOI QU'IL EN SOIT, C'EST NOTRE ATOUT POUR RESTER INCOGNITO ET FAIRE LE BOULOT.
ALORS, EN ROUTE. ON N'A PAS DE TEMPS À PERDRE.

"FAUT QU'ON AILLE VOIR UN CONTREBANDIER."
Desinta, planète de glace déserte.
ZARAH BLISS N'APPROUVERAIT PAS...
ZARAH BLISS EST MORTE... MAINTENANT, ON REND DES COMPTES À ZEVA, GEN TRI. C'EST ZEVA QUI NOUS A UNIS, QUI A FAIT DES PASSEURS D'ÉPICES CEUX QUE NOUS SOMMES.
ÇA POURRAIT BIEN ÊTRE LE PROBLÈME.
TU AS ACCEPTÉ DES CRÉDITS DE L'EMPIRE. DES CRÉDITS QUI PEUVENT ÊTRE TRACÉS. ET TU N'EN AS PARLÉ À PERSONNE... VIGILCH, TOMASSO, BEKE... ÇA SOULÈVERA DES INQUIÉTUDES, MÊME SI ZEVA N'EN ENTEND JAMAIS PARLER.
ET SI ELLE L'APPREND... QU'EST-CE QUE TU DIRAS ? TU METTRAS ÇA SUR LE DOS DE L'AGENT DES RENSEIGNEMENTS REBELLES QUI EST SUR NOTRE PISTE ?
TU T'INQUIÈTES TROP. ÇA NE TE VA PAS.
JE PISTE LES REBELLES. ILS ONT PRIS CE VAISSEAU SANS POSER UNE SEULE QUESTION. ON PEUT LES SUIVRE FACILEMENT. JE M'OCCUPERAI DE LEUR AGENT DES RENSEIGNEMENTS EN TEMPS VOULU.
SI CETTE PETITE VIRÉE TE POSE UN VRAI PROBLÈME ÉTHIQUE, JE SERAI RAVIE DE PRENDRE TA PART.
JE M'EN DOUTAIS.

ET PUIS, NOUS NE SAVONS MÊME PAS CE QUE NOTRE POTE **LANDRUS** COMPTE FAIRE SUR CE GLAÇON GÉANT.
MÊME TOI, TU NE PEUX PAS ÊTRE AUSSI IGNORANTE QUE TU LE DIS, **MARINDA GAN.**
UNE **CHASSEUSE DE PRIMES ARCONA**, PAYÉE PAR L'EMPIRE ? TOUTES CES RUMEURS D'UNE BATAILLE IMMINENTE ? CES ÉCRANS DE FUMÉE POUR DISTRAIRE LA RÉBELLION ?
JE NE CROIS PAS AUX COÏNCIDENCES. ET **TOI** ?
JE SUIS PRÊTE.
SI VOUS VOULEZ ÊTRE PAYÉS, VOUS OUBLIEREZ QUE CECI S'EST PRODUIT. MAINTENANT ET POUR TOUJOURS.
SI J'APPRENDS LE CONTRAIRE, NOUS AURONS UN **PROBLÈME**. JE RISQUE MÊME D'ÊTRE FORCÉE DE REVENIR SUR VOTRE TAS DE FERRAILLE.
ET ÇA NE VOUS PLAIRA **PAS**.

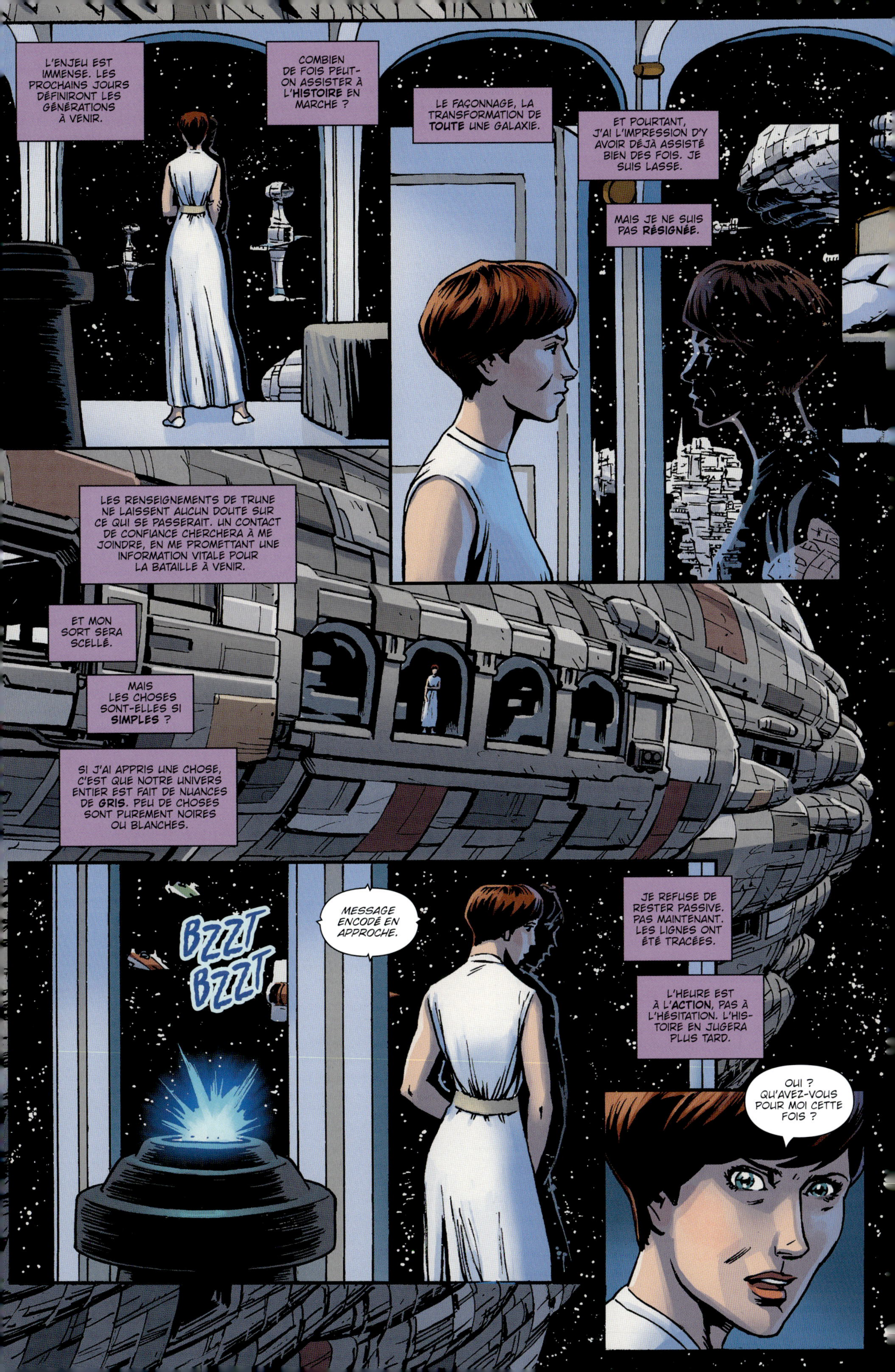
L'ENJEU EST IMMENSE. LES PROCHAINS JOURS DÉFINIRONT LES GÉNÉRATIONS À VENIR.
COMBIEN DE FOIS PEUT-ON ASSISTER À L'HISTOIRE EN MARCHE ?
LE FAÇONNAGE, LA TRANSFORMATION DE TOUTE UNE GALAXIE.
ET POURTANT, J'AI L'IMPRESSION D'Y AVOIR DÉJÀ ASSISTÉ BIEN DES FOIS. JE SUIS LASSE.
MAIS JE NE SUIS PAS RÉSIGNÉE.
LES RENSEIGNEMENTS DE TRUNE NE LAISSENT AUCUN DOUTE SUR CE QUI SE PASSERAIT. UN CONTACT DE CONFIANCE CHERCHERA À ME JOINDRE, EN ME PROMETTANT UNE INFORMATION VITALE POUR LA BATAILLE À VENIR.
ET MON SORT SERA SCELLÉ.
MAIS LES CHOSES SONT-ELLES SI SIMPLES ?
SI J'AI APPRIS UNE CHOSE, C'EST QUE NOTRE UNIVERS ENTIER EST FAIT DE NUANCES DE GRIS. PEU DE CHOSES SONT PUREMENT NOIRES OU BLANCHES.
BZZT BZZT
MESSAGE ENCODÉ EN APPROCHE.
JE REFUSE DE RESTER PASSIVE. PAS MAINTENANT. LES LIGNES ONT ÉTÉ TRACÉES.
L'HEURE EST À L'ACTION, PAS À L'HÉSITATION. L'HISTOIRE EN JUGERA PLUS TARD.
OUI ? QU'AVEZ-VOUS POUR MOI CETTE FOIS ?

"NOUS N'AVONS PAS BEAUCOUP DE TEMPS, ALORS, IL NOUS FAUT UNE STRATÉGIE POUR TENDRE UN FILET AUSSI LARGE QUE POSSIBLE.
"LA CHOSE QUE NOUS SAVONS, C'EST QUE CERTAINES DES INFORMATIONS SUR LE TUEUR SONT PASSÉES PAR LES DOIGTS D'UNE PERSONNE.
"UNE PERSONNE AUX DOIGTS ACÉRÉS ET GLUANTS.
"CE QUI NOUS A CONDUITS ICI... SUR UN PLANÉTOÏDE MARÉCAGEUX DE LA BORDURE EXTÉRIEURE APPELÉ JALUCAZ, DANS UNE TAVERNE CRASSEUSE BAPTISÉE 'CHEZ CHUUL'.
"C'EST LE DERNIER BAR OÙ L'ON VA NOYER SES LARMES, ET CELUI QU'ON RISQUE FORT D'OUBLIER.
"NOTRE CIBLE ? UN VIL CONTREBANDIER FIUMARIEN APPELÉ ALFRIS SOTIN."
AH, LE PATHFINDER ET LA PILOTE DE LA RÉBELLION. ON DIRAIT QUE MES SOURCES AVAIENT RAISON.
VOUS ÊTES BIEN LOIN DE CHEZ VOUS, NON ?
QU'EST-CE QUI VOUS AMÈNE DANS MON PETIT MARAIS À MOI ? CE N'EST PAS POUR ME PASSER LE BONJOUR. J'AI CRU COMPRENDRE QUE LES REBELLES ÉTAIENT... TRÈS OCCUPÉS.
TU AS SERVI DE COURTIER ENTRE L'EMPIRE ET UN CHASSEUR DE PRIMES RÉCEMMENT. C'ÉTAIT UNE GROSSE TRANSACTION. MAIS ON VEUT LES DÉTAILS DE LA MISSION. TOUT DE SUITE.
AH OUI ? VOILÀ QUI ME MET DANS UNE POSITION PRÉCAIRE. SI JE VOUS DIS ÇA, QUI ME FERA CONFIANCE ?
TU NE NIES PAS ?
KES, ATTENDS...
LE NIER ? POURQUOI ? C'EST VRAI, TOUT EST ICI, SUR LE DATAPAD.

EN FAIT, ON PEUT DIRE QUE JE SUIS TOUJOURS **EN AFFAIRES** AVEC AU MOINS UN DE MES CLIENTS.
EMPAREZ-VOUS D'EUX !
KES ! ON A DES **ENNUIS** !
ZUT, ZUT, ZUT ZUT.
TZZT
TZZT
ON EST CERNÉS, KES... ON DOIT REVENIR AU VAISSEAU.
NON, SOTIN A CE DONT ON A BESOIN... LES DÉTAILS SUR LE TUEUR SONT SUR LE DATA-PAD.
IL ESSAYE DE S'ÉCHAPPER !
SHARA ! NON !

SOTIN !
NE M'OBLIGE PAS À TE TIRER DANS LE DOS, SOTIN. MÊME TOI, TU MÉRITES DE MOURIR AU COMBAT.
OH, QUELLE SURPRISE... JE M'ATTENDAIS À CE QUE CE SOIT TON PETIT AMI MUSCLÉ QUI VIENNE M'AFFRONTER.
MAIS TU FERAS L'AFFAIRE.
OH QUE OUI.
ARGHHH !
TOI ET MOI ON VA AVOIR UNE **PETITE** CONVERSATION, SOTIN.

QUI L'EMPIRE A ENGAGÉ ? QUI VEUT ASSASSINER **MOTHMA** ?
MOTHMA ? JE... JE NE SAIS PAS. JE N'AI PAS LES **DÉTAILS**. JE N'AI FAIT QUE RELIER L'ACHETEUR ET LE PRODUIT. JE SUIS LE TISSU CONJONCTIF, MAIS...
... CE PETIT DATAPAD PAR TERRE, MA CHÉRIE... IL NE VA PAS T'AIDER... CE N'EST PAS AUSSI **SIMPLE** QUE TU L'ESPÉRAIS.
NON, NON... ÇA VA **PLUS LOIN** QUE ÇA. IL Y A BEAUCOUP DE PIÈCES SUR LE PLATEAU... PAS SEULEMENT UNE CHASSEUSE DE PRIMES AVEC UN GROS FUSIL.
JE N'AI PAS LE TEMPS POUR LES ÉNIGMES. EXPLIQUE-TOI OU TA VIE S'ARRÊTE ICI.
HÉHÉ. TU N'EN ES PAS CAPABLE. IL Y A TROP DE **BONTÉ** DANS TON CŒUR, MA CHÉRIE.
MAIS JE VAIS TE DIRE UNE CHOSE... VOTRE CHEFFE FERAIT MIEUX DE METTRE SES AFFAIRES EN ORDRE. APRÈS TOUT...

"... LES CHASSEURS DE PRIMES, ÇA COURT LES RUES, MAIS CELLE-CI ?
"ELLE FAIT PLUS QUE **TUER**.
TZZT
TZZT
"ELLE **EFFACE** DE L'EXISTENCE."
HFF HFF
"SANS LAISSER DE TRACE."
JE VAIS BIEN ! DÉPÊCHE-TOI ! SORS-NOUS DE LÀ !
"COMME SI LA CIBLE N'AVAIT **JAMAIS** EXISTÉ."

LES PIÈCES SONT EN PLACE.
LE PATHFINDER ET LA PILOTE ONT MORDU À L'APPÂT. LE FIL QU'ILS VONT REMONTER PENDANT QUE JE SERAI ICI.
NOTRE PANTIN A ÉTABLI LE CONTACT. MOTHMA EST INTRIGUÉE. ELLE VA VENIR.
ELLE VA MOURIR.
L'EMPIRE JOUERA SON RÔLE AUSSI.
IL DÉCLENCHERA LA DESTRUCTION DE LA RÉBELLION... MAIS AUSSI DES CRIMINELS QUI ATTENDENT PATIEMMENT UN NOUVEAU STATU QUO CHAOTIQUE.
ILS M'ONT PRESQUE MÂCHÉ LE TRAVAIL.
MAIS NON. CES MISSIONS NE SONT JAMAIS SIMPLES.
SINON, IL N'Y AURAIT PAS DE PLAISIR.

PARFOIS, LES AMIS SONT VRAIMENT TRÈS UTILES.
VOUS N'AVEZ PLUS BEAUCOUP DE TEMPS.
PARFOIS, ILS SE CONTENTENT DE RÉPÉTER LES MOTS QUE VOUS **HURLEZ** DÉJÀ DANS VOTRE TÊTE.
L'ULO L'AMPAR FAIT UN PEU LES DEUX.
ON EN EST **PARFAITEMENT** CONSCIENTS, L'ULO.
TU PEUX NOUS **AIDER**, OUI OU NON ?
L'INFORMATION EST CODÉE DANS TOUS LES SENS, SHARA... JE NE PENSE MÊME PAS QU'UN EXPERT LE DÉCRYPTERAIT À TEMPS. TRUNE ET SES HOMMES ESSAIENT AUSSI.
ET **MOTHMA** ? ELLE COMPTE Y ALLER ?
ELLE N'A PAS REÇU DE LIEU POUR LA RENCONTRE... ET QUAND ELLE L'AURA, IL SERA TROP TARD. IL NOUS FAUT CETTE INFORMATION TOUT DE SUITE. ET J'AI BESOIN QUE VOUS REVENIEZ. VOUS SAVEZ TOUS LES DEUX CE QUI EST EN JEU.
SOTIN A DIT QUELQUE CHOSE... SUR LES INFORMATIONS DU DATAPAD. IL N'ÉTAIT PAS LE COURTIER, IL N'A FAIT QU'ACTIVER LE MARCHÉ.
QUOI ? COMME UN INTERMÉDIAIRE À L'INTERMÉDIAIRE ?

C'EST ÇA. C'EST ÇA. COMMENT J'AI PU RATER ÇA ?
QUOI, SHARA ?
LÀ...
... RENTRE CES COORDONNÉES, ON N'A PAS BEAUCOUP DE TEMPS.
D'ACCORD...
SOTIN N'AVAIT PAS DE CARTE MENANT À L'ASSASSIN. IL NE SAIT PAS QUI EST LE CONTACT DE MOTHMA. IL N'A PAS BESOIN DE LE SAVOIR.
IL NE FAISAIT QUE LA MISE EN PLACE.
MAIS IL AVAIT LA DERNIÈRE PIÈCE DU PUZZLE.
SOTIN NE SAVAIT PAS CE QUE L'EMPIRE VOULAIT... MAIS IL A PROPOSÉ UN ENDROIT POUR LE FAIRE. LES COORDONNÉES SONT ENTERRÉES ICI. C'EST UN DÉBUT, MAIS C'EST TOUT CE DONT ON A BESOIN.
IL AVAIT LE LIEU.
CROIS-MOI, KES... C'EST ÇA.

"ET SI ON ÉCHOUE, IL SERA TROP TARD DE TOUTE FAÇON.
"PAS QUE POUR NOUS, MAIS PEUT-ÊTRE POUR **TOUTE** LA RÉBELLION."
JE SUIS VENUE. J'AI RÉPONDU À VOTRE APPEL.
VOUS AVEZ BIEN SERVI LA RÉBELLION TOUTES CES ANNÉES, À VOTRE FAÇON.
JE PRENDS UN GRAND RISQUE EN VENANT ICI.
JE PENSE QUE JE NE SERAIS PAS VENUE SI VOUS N'AVIEZ PAS DEMANDÉ...

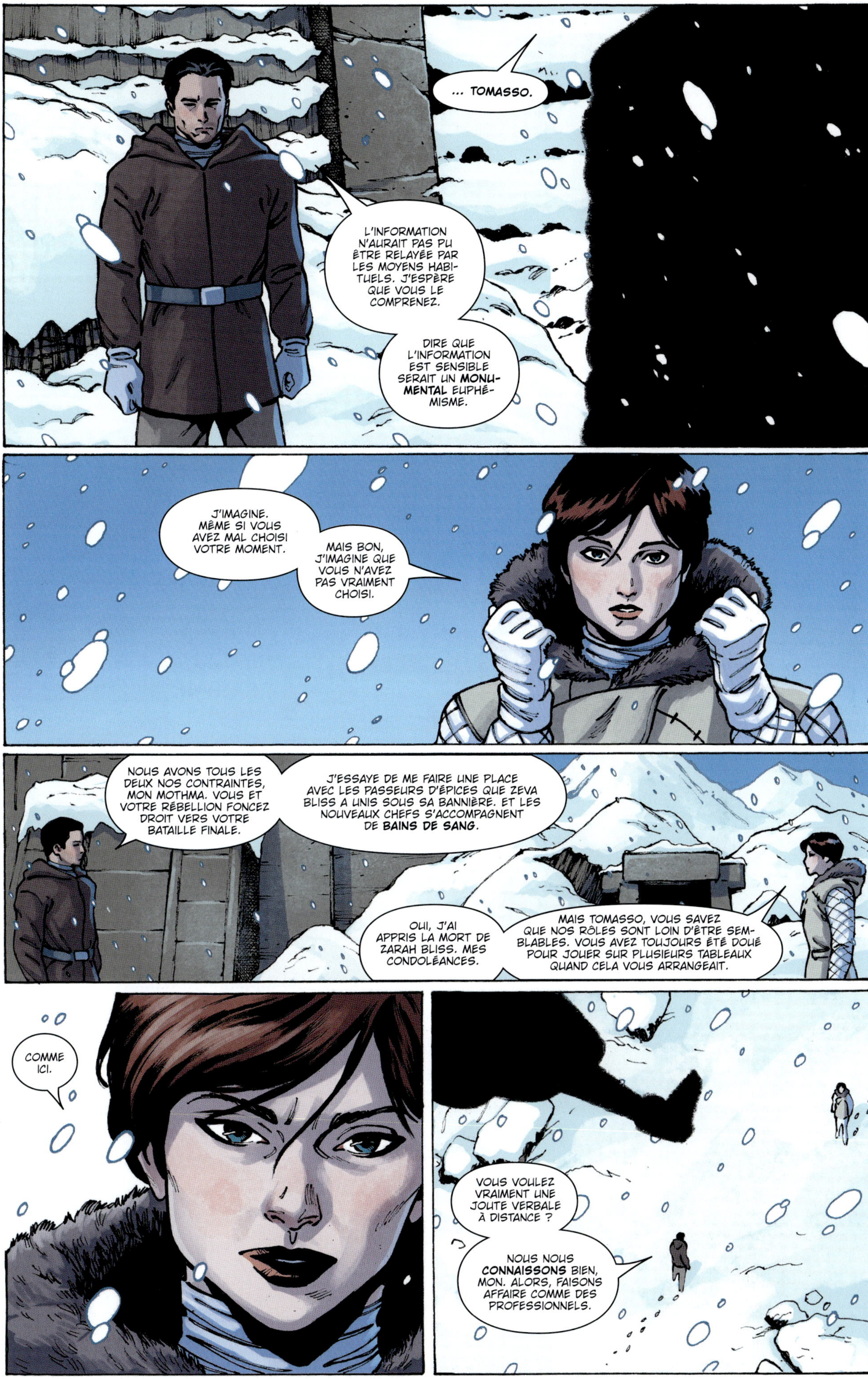
... TOMASSO.
L'INFORMATION N'AURAIT PAS PU ÊTRE RELAYÉE PAR LES MOYENS HABITUELS. J'ESPÈRE QUE VOUS LE COMPRENEZ.
DIRE QUE L'INFORMATION EST SENSIBLE SERAIT UN **MONUMENTAL** EUPHÉMISME.
J'IMAGINE. MÊME SI VOUS AVEZ MAL CHOISI VOTRE MOMENT.
MAIS BON, J'IMAGINE QUE VOUS N'AVEZ PAS VRAIMENT CHOISI.
NOUS AVONS TOUS LES DEUX NOS CONTRAINTES, MON MOTHMA. VOUS ET VOTRE RÉBELLION FONCEZ DROIT VERS VOTRE BATAILLE FINALE.
J'ESSAYE DE ME FAIRE UNE PLACE AVEC LES PASSEURS D'ÉPICES QUE ZEVA BLISS A UNIS SOUS SA BANNIÈRE. ET LES NOUVEAUX CHEFS S'ACCOMPAGNENT DE **BAINS DE SANG**.
OUI, J'AI APPRIS LA MORT DE ZARAH BLISS. MES CONDOLÉANCES.
MAIS TOMASSO, VOUS SAVEZ QUE NOS RÔLES SONT LOIN D'ÊTRE SEMBLABLES. VOUS AVEZ TOUJOURS ÉTÉ DOUÉ POUR JOUER SUR PLUSIEURS TABLEAUX QUAND CELA VOUS ARRANGEAIT.
COMME ICI.
VOUS VOULEZ VRAIMENT UNE JOUTE VERBALE À DISTANCE ?
NOUS NOUS **CONNAISSONS** BIEN, MON. ALORS, FAISONS AFFAIRE COMME DES PROFESSIONNELS.

JE VAIS RESTER ICI.
JE SUIS VENUE POUR VOS RENSEIGNEMENTS. JE SUIS PRÊTE POUR LES SECRETS QUE VOUS AVEZ À PARTAGER.
JE SENS DE LA MÉFIANCE. C'EST NOUVEAU. ET CELA M'IN-QUIÈTE.
C'EST BIEN AINSI QUE CE GENRE DE RELATION FONCTIONNE, NON ?
MAIS TRÊVE DE BADINAGES, TOMASSO. ASSEZ JOUÉ.
PARLONS. VOUS AVEZ QUELQUE CHOSE POUR MOI. QUELQUE CHOSE QUI POURRAIT TOUT CHANGER, SELON VOUS. MONTREZ-MOI VOS CARTES.
J'AI BEAUCOUP PLUS IMPORTANT EN LIGNE DE MIRE.

RRRUUUMBBBLLE
QUE...? UNE ATTAQUE ?
NON, C'EST UN VAISSEAU... QUELQU'UN...
PEW
ATTEN-TION !
ARRRGGHHHH !
OURF !
VOUS ÊTES TOUCHÉ... VOUS... VOUS M'AVEZ SAUVÉE... POURQUOI ?
C'EST... BIEN... CE QUE FONT LES AMIS, NON ?
TOMASSO... EST-CE QUE VOUS SAVIEZ QUE ÇA ALLAIT ARRIVER ?
MON... NON... JE SUIS VENU AVEC DES REN-SEIGNEMENTS QUI AIDERONT VOTRE CAMP...
... MAIS AUSSI... LE MIEN...

J'AI ENCORE LE TEMPS POUR UN AUTRE TIR. LE BON.
KER-CHAK
J'Y SUIS PRESQUE. UN PEU À DROITE ET...
JE NE PEUX PAS TE LAISSER FAIRE ÇA.
THWACK
NGGGHH !
TU NE DÉCIDES PAS DE CE QUE JE FAIS, PATHFINDER.
GRAHH !
ET TOI NON PLUS !
OURF !
JE ME DOUTAIS QUE CE NE SERAIT PAS AUSSI RAPIDE QUE L'EMPIRE L'AVAIT LAISSÉ ENTENDRE.

ILS ONT DIT QUE TOUT ÉTAIT FAIT. LES POTS-DE-VIN AUX PASSEURS D'ÉPICES. LA MANIPULATION DE L'ESPION LE PLUS FIABLE DE MON MOTHMA. RIEN LAISSÉ AU **HASARD**.
MÊME CE SCARABÉE-LIMACE DE SOTIN A JOUÉ SON RÔLE. JE NE M'ATTENDAIS PAS À CE QUE VOUS DÉDUISIEZ AUSSI VITE LES COORDONNÉES DE CETTE PLANÈTE MORTE... J'AURAIS DÛ ME DOUTER QUE SOTIN NE SAURAIT PAS CODER ASSEZ BIEN POUR ASSURER SES ARRIÈRES. JE M'ATTENDAIS À VOUS VOIR PLUS TARD, BEAUCOUP PLUS TARD.
MAIS VOUS AVEZ COMPRIS QUAND MÊME. SI J'AVAIS LE TEMPS DE VOUS LAISSER VIVRE, JE VOUS TORTURERAIS JUSQU'À VOUS FAIRE AVOUER COMMENT.
JE ME DEMANDE SI J'AURAI UN **BONUS** POUR VOUS AVOIR ÉLIMINÉS AVEC MON MOTHMA...
IL N'Y A PAS DE SECRET, CHASSEUSE DE PRIMES. LES CRIMINELS SONT IDIOTS. TOI ET SOTIN COMPRIS.
VRAIMENT ? VOUS FAITES BIEN LES FIERS POUR DEUX CADAVRES EN...
TRRZZZZTTT
AAAAARGH !
EXCELLENT TIMING. MAIS CECI DIT...

... C'EST **NOUS** QUI DEVIONS VOUS SAUVER.
IL EST...?
IL VA S'EN SORTIR. MAIS NOUS NE DEVONS PAS LAISSER PENSER QU'IL NOUS A AIDÉS. RAMENONS-LE À SON VAISSEAU ET PARTONS. IL Y A BEAUCOUP À FAIRE, SURTOUT AVEC CE QUE NOUS AVONS APPRIS.
L'EMPIRE SAVAIT QUE TOMASSO ET MOI ÉTIONS EN CONTACT, ET IL S'EST SERVI DE CELA POUR M'ATTIRER. ICI. MAIS TOMASSO N'ÉTAIT QU'UN PION. ET IL N'AVAIT PAS MENTI, IL AVAIT **BIEN** DES RENSEIGNEMENTS QUI NOUS SERONT IMMENSÉMENT UTILES. MAIS L'EMPIRE N'ÉTAIT PAS AU COURANT DE CELA.
QU'EST-CE QUE C'EST ? QU'EST-CE QU'ON A APPRIS ? C'EST TROP TARD POUR CHANGER LES CHOSES ?
IL N'EST JAMAIS TROP TARD POUR LE RENSEIGNEMENT, KES. L'ÉTOILE DE LA MORT QUE LES ESPIONS BOTHANS ONT LOCALISÉE SUR ENDOR N'EST PAS QU'UNE ARME EN CONSTRUCTION... C'EST UNE OPPORTUNITÉ. POUR NOUS.
UNE OPPORTUNITÉ DE FRAPPER UN COUP À L'EMPIRE EN NEUTRALISANT SON PLUS GRAND OUTIL DE DESTRUCTION, ET AUSSI EN ÉLIMINANT NOMBRE DES DIGNITAIRES ET DES DIRIGEANTS QUI AIDENT L'EMPIRE À RÉGNER.
NOMBRE D'ENTRE EUX SERONT PRÉSENTS. PEUT-ÊTRE TOUS.
TOMASSO LE SAVAIT. L'EMPIRE A MAL JOUÉ SA MAIN... EN PENSANT QUE JE ME MÉFIERAIS DU MESSAGER.
MAIS LA MISSION CONTINUE ET NOTRE PROCHAINE BATAILLE N'EN EST QUE PLUS CRUCIALE, SI TANT EST QU'ELLE SOIT POSSIBLE.
NOUS NE DEVONS PLUS SEULEMENT DÉTRUIRE L'ÉTOILE DE LA MORT, NOUS DEVONS BRISER TOUT L'EMPIRE EN UNE SEULE FRAPPE.
ENSEMBLE.
Fin ? Loin de là.

MAX REBO

COUVERTURE : **RYAN BROWN**

MAX REBO ET SON GROUPE

L'Alliance Rebelle et l'Empire Galactique se livrant à une guerre civile pour le contrôle de la galaxie, les criminels, les vauriens et les gangsters trouvent de nouveaux moyens pour tirer profit du chaos.

Et tout particulièrement le seigneur du crime JABBA LE HUTT, qui règne sur un empire criminel installé sur une planète de la Bordure Extérieure, TATOOINE.

Depuis son palais, Jabba commande son organisation de brutes, de voleurs et de chasseurs de primes en profitant de leur cupidité... et de leur peur....

Palais de Jabba.
LA PREMIÈRE CHOSE QUE J'AI PENSÉE AU DÉBUT DE LA FUSILLADE...
ENCORE UNE FUSILLADE. BON.
IL EST TEMPS DE...
CHK

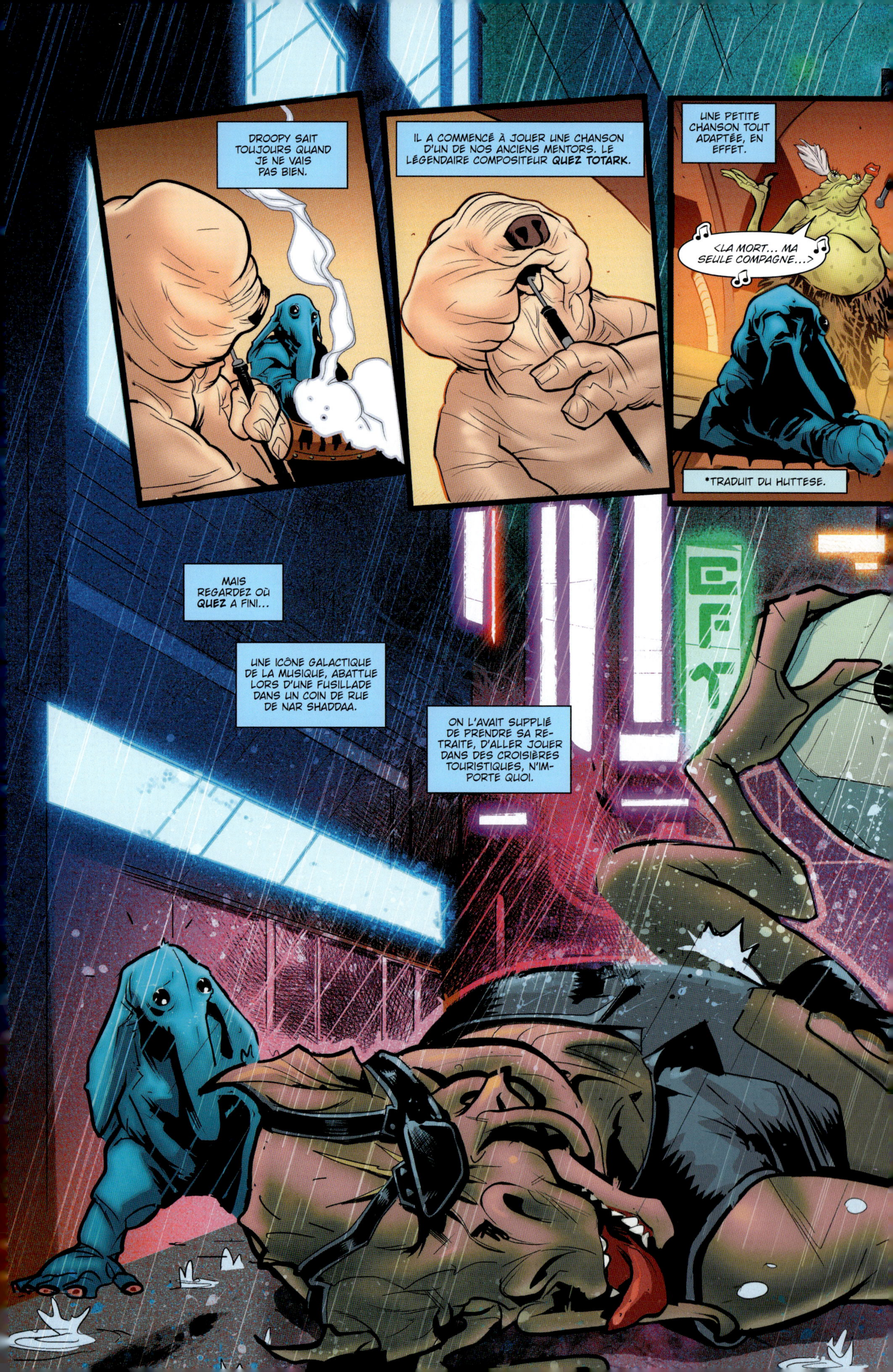
DROOPY SAIT TOUJOURS QUAND JE NE VAIS PAS BIEN.
IL A COMMENCÉ À JOUER UNE CHANSON D'UN DE NOS ANCIENS MENTORS. LE LÉGENDAIRE COMPOSITEUR **QUEZ TOTARK**.
UNE PETITE CHANSON TOUT ADAPTÉE, EN EFFET.
<LA MORT... MA SEULE COMPAGNE...>
*TRADUIT DU HUTTESE.
MAIS REGARDEZ OÙ **QUEZ** A FINI...
UNE ICÔNE GALACTIQUE DE LA MUSIQUE, ABATTUE LORS D'UNE FUSILLADE DANS UN COIN DE RUE DE NAR SHADDAA.
ON L'AVAIT SUPPLIÉ DE PRENDRE SA RETRAITE, D'ALLER JOUER DANS DES CROISIÈRES TOURISTIQUES, N'IMPORTE QUOI.

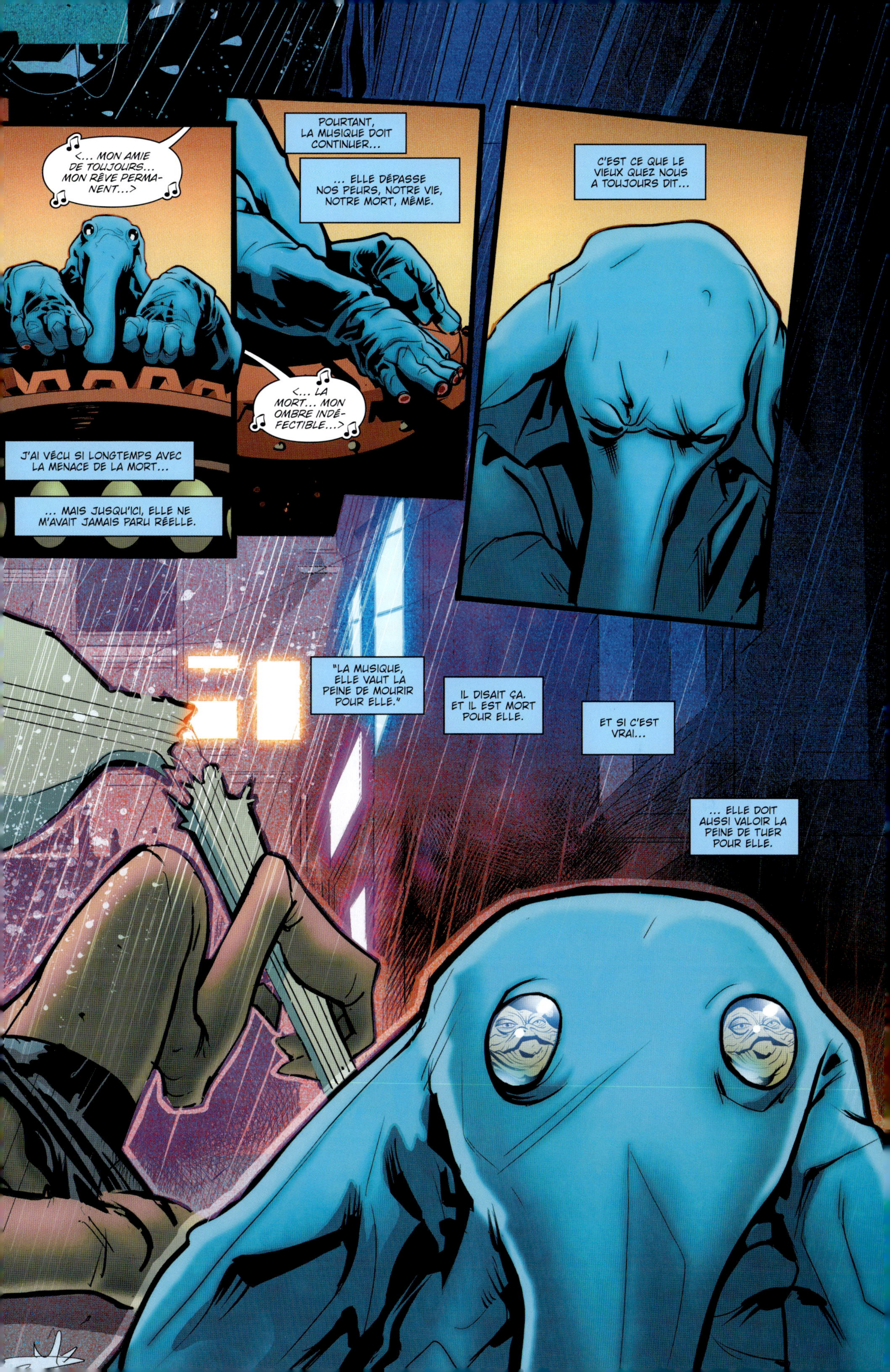
<... MON AMIE DE TOUJOURS... MON RÊVE PERMANENT...>
J'AI VÉCU SI LONGTEMPS AVEC LA MENACE DE LA MORT...
... MAIS JUSQU'ICI, ELLE NE M'AVAIT JAMAIS PARU RÉELLE.
POURTANT, LA MUSIQUE DOIT CONTINUER...
... ELLE DÉPASSE NOS PEURS, NOTRE VIE, NOTRE MORT, MÊME.
<... LA MORT... MON OMBRE INDÉFECTIBLE...>
C'EST CE QUE LE VIEUX QUEZ NOUS A TOUJOURS DIT...
"LA MUSIQUE, ELLE VAUT LA PEINE DE MOURIR POUR ELLE."
IL DISAIT ÇA. ET IL EST MORT POUR ELLE.
ET SI C'EST VRAI...
... ELLE DOIT AUSSI VALOIR LA PEINE DE TUER POUR ELLE.

JE NE SAVAIS PAS QUE PLUS TARD, CETTE MÊME NUIT, MES DEUX PERCUSSIONNISTES SE RETROUVERAIENT EN CONFLIT DIRECT...
LE RETOURNEMENT DANS LA **BALLADE DE BOSOVIR** TE MET CHAQUE FOIS EN DIFFICULTÉ, **AK-REV** !
ÇA, C'EST PARCE QUE TU TRAÎNES SUR LE PONT.
ERREUR ! C'EST NORMAL QUE LE PONT SOIT LONG... C'EST *BIM BAM BADIM* ***BAP*** ! DEMANDE À MAX !
UMPASS, MON FRÈRE, VOYONS. C'EST *BIM* ***BAM*** *BADIM BAP*. TOUT LE MONDE LE SAIT.
ÉCOUTE, TU NE PEUX PAS ÊTRE NUL À TES **DEUX** BOULOTS. SI TU TIENS VRAIMENT À KARKER LE RYTHME, IL FAUT QUE TU T'AMÉLIORES DANS LA...
... PROTECTION DE JABBA !
SPLURSH!
HÉ, C'ÉTAIT **GRATUIT** !
CE COUP DE BLASTER L'A RATÉ DE ÇA, BUDZO !
EUH, EXCUSEZ-MOI.

PLUS TARD, DROÏDE !
ET **TOI** ! NE FAIS PAS COMME SI J'ÉTAIS LE SEUL À AVOIR FAILLI PERDRE LA PERSONNE QUE J'ÉTAIS CENSÉ PROTÉGER CE SOIR !
D'ACCORD, D'ACCORD !
MAX A PRESQUE INTERCEPTÉ L'AUTRE TIR AVEC SON VISAGE.
JE SAIS. TU AS VU SA TÊTE ? JE NE SAIS PAS CE QUE J'AURAIS FAIT.
A-HEM-HEM !
PAR LE VIDE, TAS DE FERRAILLE ! QUOI ?!
CRACHE LE MORCEAU, ON EST OCCUPÉS !
JE SUIS PORTEUR D'UN MESSAGE TOP SECRET POUR UMPASS-STAY, DE LA PART DE VOTRE PÈRE, LE CHEF DALADIT-CHAN.
MAIS JE SUIS CENSÉ LE DÉLIVRER DANS L'INTIMITÉ LA PLUS TOTALE !
AK-REV EST MON **FRÈRE**. IL M'A TROUVÉ QUAND JE N'ÉTAIS QU'UN GAMIN DES RUES EN TRAIN DE JOUER AVEC DES BOÎTES DE CONSERVE. IL A FAIT DE MOI LA PERSONNE QUE JE SUIS AUJOURD'HUI. JE LUI DOIS LA **VIE**, DROÏDE.
ET JE DOIS LA MIENNE À UMPASS AUSSI.
ALORS, TOUT CE QUE LE CHEF VEUT ME DIRE, JE PEUX L'ENTENDRE DEVANT AK-REV. COMPRIS ?
D'ACCORD. TANT PIS POUR VOUS. LE MESSAGE EST SIMPLE...

TUE JABBA !

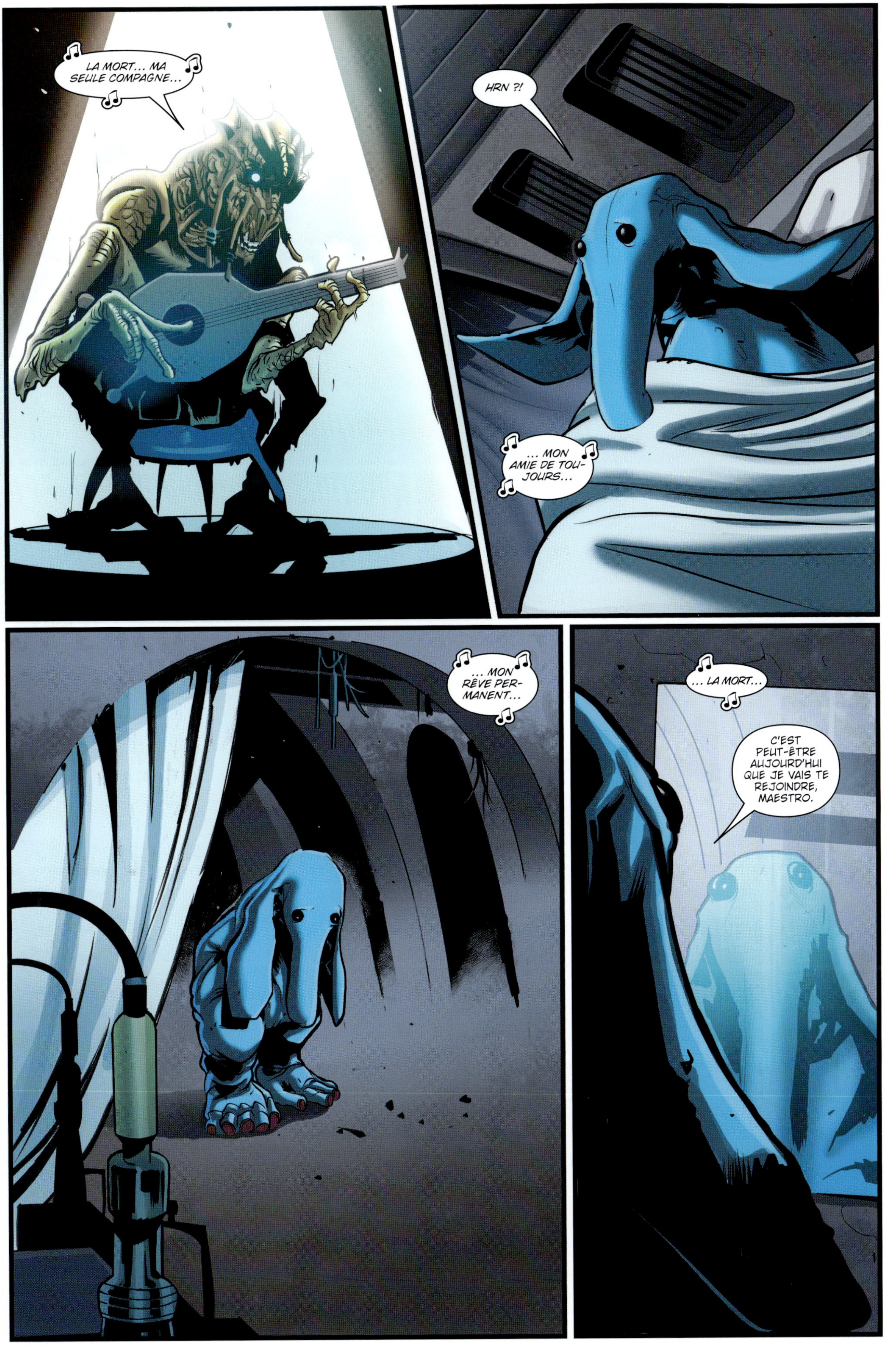
LA MORT... MA SEULE COMPAGNE...
HRN ?!
... MON AMIE DE TOUJOURS...
... MON RÊVE PERMANENT...
... LA MORT...
C'EST PEUT-ÊTRE AUJOURD'HUI QUE JE VAIS TE REJOINDRE, MAESTRO.

J'ÉTAIS PERDU EN MOI-MÊME CE JOUR-LÀ.
JE N'AVAIS PAS REMARQUÉ QUE DEUX MEMBRES DE MON GROUPE ÉTAIENT PRÊTS À SE MASSACRER.
ALORS, J'ÉTAIS TELLEMENT OCCUPÉ À GUETTER MA PROPRE MORT...
... QUE JE NE L'AI PAS VUE VENIR POUR QUELQU'UN D'AUTRE...
... JUSQU'À CE QU'IL SOIT TROP TARD.

MÊME SI JE N'AURAIS PAS PU Y FAIRE GRAND-CHOSE.
OOLA AVAIT UNE SŒUR ET DEUX NIÈCES SUR NAR SHADDAA.
DES GENS QUI TENAIENT À ELLE.
LE GROUPE TENAIT À ELLE.
MÊME SI NOUS ÉTIONS **TROP TERRIFIÉS** POUR LE MONTRER OUVERTEMENT.

LA MORT, MON RÊVE PERMANENT...
... ELLE N'A CESSÉ DE RÔDER CE JOUR-LÀ. COMME TOUJOURS...
PARCE QU'IL A...
... UN DÉTONA-TEUR THERMAL !
TOUT CE QUE JE SA-VAIS...

… C'ÉTAIT QUE QUELQUE CHOSE ALLAIT CÉDER. FORCÉMENT.
La mer de Dunes.
Plus tard cette nuit.

... MON AMIE DE TOUJOURS...
... MON RÊVE CONSTANT...
IL FALLAIT FAIRE QUELQUE CHOSE.
... LA MORT...
COMBIEN D'AUTRES ALLAIENT MOURIR ?
... MON OMBRE INDÉFECTIBLE...
HO HO HO !!!

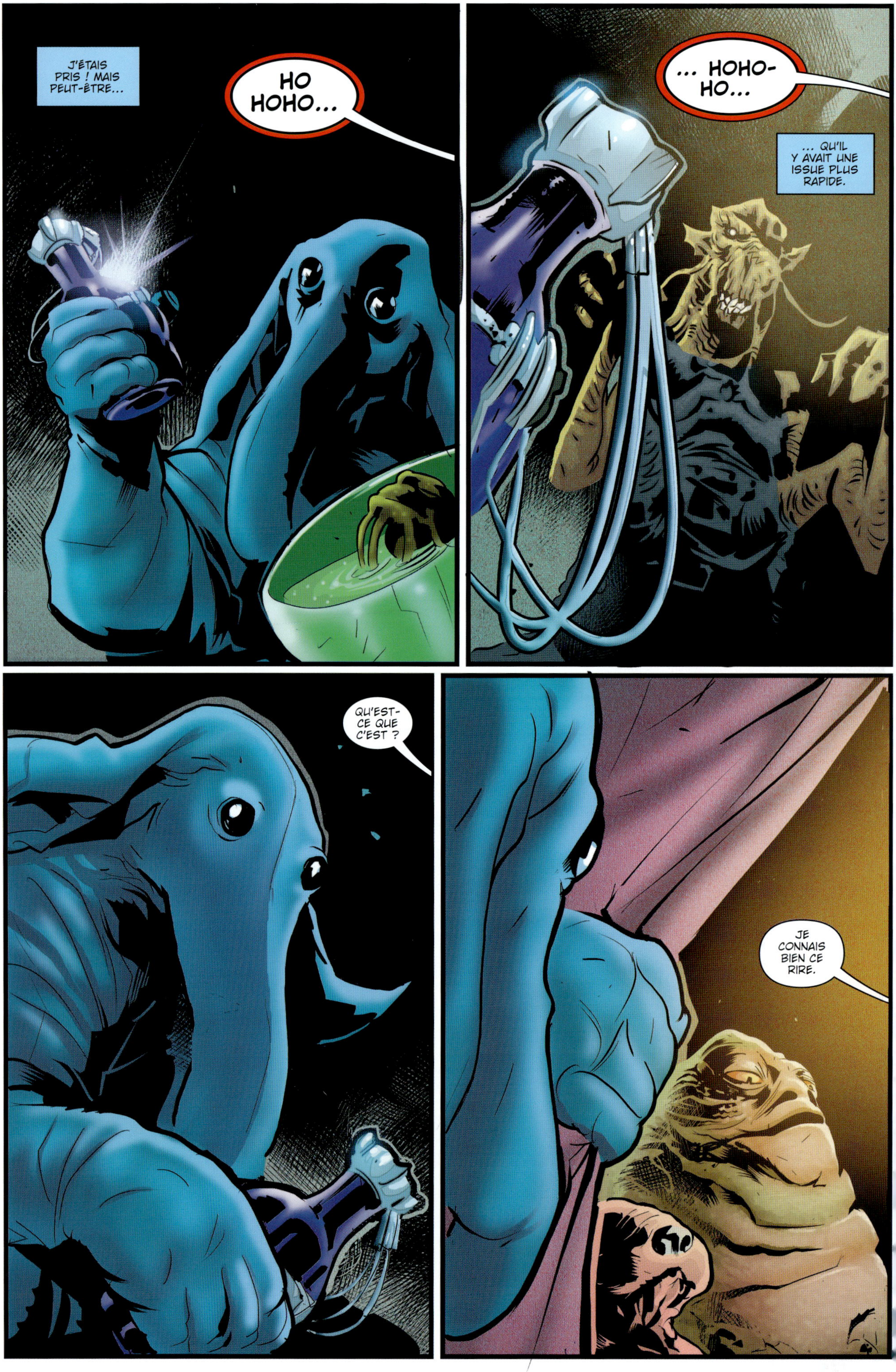
J'ÉTAIS PRIS ! MAIS PEUT-ÊTRE...
HO HOHO...
... HOHO-HO...
... QU'IL Y AVAIT UNE ISSUE PLUS RAPIDE.
QU'EST-CE QUE C'EST ?
JE CONNAIS BIEN CE RIRE.

JABBA... ÉCOUTE, JABBA...
J'ÉTAIS JUSTE-MENT VENU POUR TE REMBOURSER. J'AI EU UN PETIT CONTRETEMPS.
ET EN FAIT...
C'EST PAS MA FAUTE.
<C'EST TROP TARD, SOLO.>
... LA MORT DEVRAIT AT-TENDRE ENCORE UN PEU POUR MOI ET JABBA.

ON DIRAIT QUE NOS RITUELS D'ENTRÉE POUR LE COMBAT SONT DEVENUS UN PEU PLUS TECHNOLOGIQUES DEPUIS MA DERNIÈRE VISITE.
TU DEVRAIS VENIR PLUS SOUVENT, MON ENFANT. LES TEMPS CHANGENT.
LIBÉREZ-LE.
MERCI, MÈRE DU CLAN.
C'EST JUSTEMENT DES TEMPS QUI CHANGENT DONT JE VIENS PARLER.
OUI ?
ON A TENTÉ D'ASSASSINER JABBA IL Y A QUELQUES JOURS.
ET ?
LES VAUTOURS TOURNENT AUTOUR D'UNE PROIE BLESSÉE. D'AUTRES GROUPES FOMENTENT LEURS PROPRES COMPLOTS.
BAH, RIEN DE NOUVEAU. ÉLIMINE-LES, QU'ON EN FINISSE.
L'UN D'ENTRE EUX FINIRA PAR RÉUSSIR, MÈRE DU CLAN.

PAS SI TU FAIS TON **TRAVAIL**, AK-REV. QU'EST-CE QUE TU PROPOSES ?!
LES HUTTS ASSERVISSENT NOTRE FAMILLE DEPUIS DES GÉNÉRATIONS. NOUS NE POUVONS GRANDIR. NOUS NE POUVONS PROSPÉRER.
C'EST POUR CELA QUE NOUS AVONS **SURVÉCU** TOUT CE TEMPS, IMBÉCILE ! NOUS SERIONS...
NOUS NE **SAVONS** PAS CE QUE NOUS SERIONS SANS LES HUTTS PARCE QUE NOUS N'AVONS JAMAIS EU L'OCCASION DE LE DÉCOUVRIR.
NOUS SOMMES DES GUERRIERS, MÈRE DU CLAN. MAIS NOUS SOMMES CAPABLES DE BIEN PLUS. NOUS POURRIONS ÊTRE TELLEMENT PLUS, SI...
ASSEZ !

"IL NE S'AGIT PAS DE NOTRE CLAN OU DE NOTRE FAMILLE.
"NON, AK-REV. IL S'AGIT DE TOI ET DE CETTE MUSIQUE QUE TU TIENS À JOUER.
"RETOURNE AU PALAIS DE JABBA, AK-REV.
"TROUVE ET DÉTRUIS LES ASSASSINS QUI VEULENT TUER JABBA L'EXALTÉ, COMME LE VEUT TON DEVOIR...
"... SINON, JE FERAI ASSASSINER CE GROUPE QUE TU AIMES TANT, AVEC TOUS LEURS PROCHES."

... MON RÊVE CONST...
OH, LAISSE-MOI PROFITER DE CE DERNIER LEVER DE SOLEILS EN PAIX, VIEUX DÉBRIS !
WHOA, MAX ! T'ES ÉNERVÉ ! JE TE LAISSE...
OH, NON ! UMPASS, RESTE ! DÉSOLÉ, JE ME PARLAIS À...
... MOI-MÊME.

QU'EST-CE QUI LUI ARRIVE ?
AUCUNE IDÉE.
MAIS SURTOUT, C'EST QUOI CETTE AGITATION ?
VOUS ALLEZ DONC ÊTRE CONDUITS À LA MER DE DUNES, ET JETÉS DANS LA GORGE DE CARKOON, REPAIRE DU TOUT-PUISSANT SARLACC.
EH BEN, ÇA SE PRÉSENTE PAS MAL.
CE BEL HOMME EN NOIR A TUÉ LE RANCOR !
IL L'A FAIT POUR VENGER OOLA !
ALLONS, ON SAIT BIEN QUE C'EST FAUX.
LAISSE-MOI RÊVER !

IL Y A BIEN DES FAÇONS DE MOURIR DANS CETTE GALAXIE.
VMMM
VZHH
AAAH !
CER-TAINES SONT RAPIDES.
D'AUTRES, INCROYABLE-MENT LENTES.

LE VIEUX QUEZ DISAIT QU'IL EXISTE UNE CHANSON POUR CHACUNE D'ELLES.
QUE LA MUSIQUE EST LA SEULE CHOSE PLUS GRANDE QUE LA MORT.
QUAND LA MORT MET UN TERME DÉFINITIF À TOUT LE RESTE, LA MUSIQUE CONTINUE.
ET QUAND LES LUMIÈRES SE SONT ÉTEINTES...
FZZT
FZZT
... JE SUIS SÛR QU'ON A TOUS LES TROIS PENSÉ LA MÊME CHOSE.

C'EST.
LE.
MOMENT.
AK-REV A AGI EN PREMIER.
IL DEVAIT PENSER QU'IL NOUS SAUVAIT LA VIE.

HRF !

TU... *HRF*... SAIT QU'ON SERA TOUS MIEUX SANS LUI, MON FRÈRE !
ÉVIDEMMENT, MON FRÈRE.
ALORS, QU'EST-CE QUE TU FAIS ?!
J'ESSAYE DE... *HRK*... NOUS GARDER TOUS...
... EN VIE !
J'AI PERDU TANT DE MUSICIENS, DE MENTORS, D'AMIS, D'AMOURS...
OURF !
AARGH !!!
... TUÉS PAR LE BLASTER, L'ÉPÉE, LE FEU ET LE POING...

JE LES AI REGARDÉS, IMPUISSANT. PARFOIS EN JOUANT DE LA MUSIQUE ALORS QU'ILS S'ÉTEIGNAIENT.
PAUVRE IDIOT ! TU VAS TOUS NOUS FAIRE TUER !
C'EST CE JOUR QUE J'AI ENFIN DIT...
NON.
ASSEZ.
C'EST CE JOUR QUE J'AI ENFIN LIBÉRÉ LE FANTÔME DE MON ANCIEN MENTOR.

ET QUE J'AI CHOISI UNE AUTRE VOIE.
C'EST TERMINÉ. REGARDEZ.

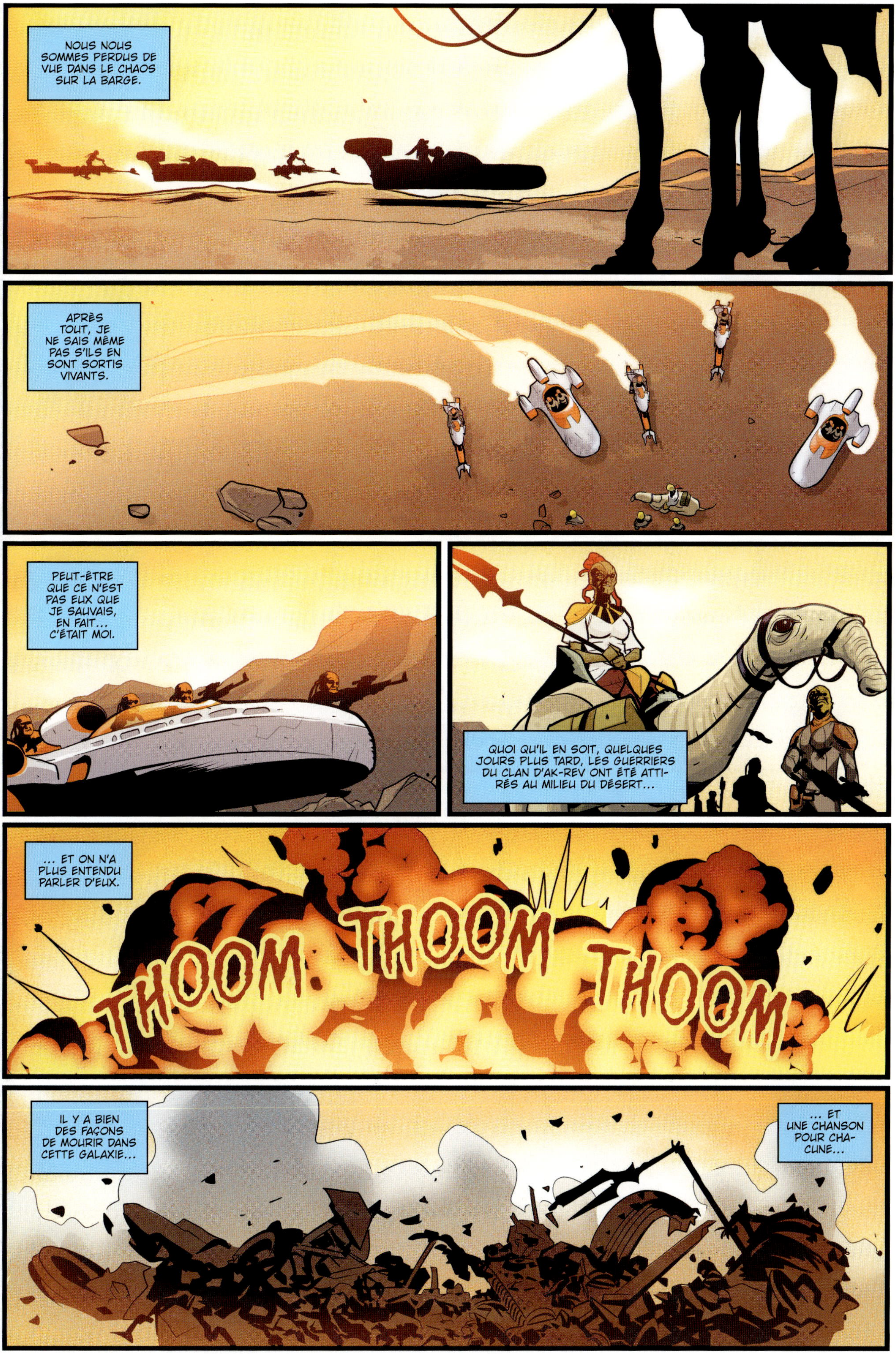
NOUS NOUS SOMMES PERDUS DE VUE DANS LE CHAOS SUR LA BARGE.
APRÈS TOUT, JE NE SAIS MÊME PAS S'ILS EN SONT SORTIS VIVANTS.
PEUT-ÊTRE QUE CE N'EST PAS EUX QUE JE SAUVAIS, EN FAIT... C'ÉTAIT MOI.
QUOI QU'IL EN SOIT, QUELQUES JOURS PLUS TARD, LES GUERRIERS DU CLAN D'AK-REV ONT ÉTÉ ATTI-RÉS AU MILIEU DU DÉSERT...
... ET ON N'A PLUS ENTENDU PARLER D'EUX.
THOOM THOOM THOOM
IL Y A BIEN DES FAÇONS DE MOURIR DANS CETTE GALAXIE...
... ET UNE CHANSON POUR CHA-CUNE...

... MAIS AUJOURD'HUI, JE VAIS JOUER UNE NOUVELLE CHANSON...
... UNE CHANSON DE VIE.
Fin

LE RETOUR DU JEDI

COUVERTURE VARIANTE : **DREW STRUZAN**

Épisode VI

LE RETOUR DU JEDI

Luke Skywalker est de retour sur Tatooine, sa planète natale, pour arracher son ami Han Solo aux griffes de l'ignoble bandit Jabba le Hutt.

Luke ne peut pas savoir que l'EMPIRE GALACTIQUE a commencé à construire une nouvelle station de combat qui sera bien plus puissante que la terrifiante première Étoile de la Mort.

Quand cette arme absolue sera achevée, ce sera la fin du petit groupe de Rebelles qui lutte afin que la liberté règne à nouveau dans la galaxie....

"L'ARRIVÉE DE VADOR" | *STAR WARS: DARTH VADER* (2020) 30

"L'APPROCHE DU PALAIS DE JABBA" | *STAR WARS: BOUNTY HUNTERS* (2020) 30

"LE PALAIS DE JABBA" | *STAR WARS: DOCTOR APHRA* (2020) 28

"MAX REBO ET SON GROUPE" | *STAR WARS* (2020) 31

"LE SAUVETAGE DE HAN SOLO" | *STAR WARS: BOUNTY HUNTERS* (2020) 31

"LUKE CONTRE LE RANCOR" | *STAR WARS: DOCTOR APHRA* (2020)

"DIRECTION LA FOSSE DU SARLACC" | *STAR WARS* (2020) 32

"BATAILLE AU-DESSUS DE LA FOSSE DU SARLACC" | *STAR WARS: BOUNTY HUNTERS* (2020)

"L'ARRIVÉE DE L'EMPEREUR PALPATINE" | *STAR WARS: DARTH VADER* (2020) 32

"D'UN CERTAIN POINT DE VUE" | *STAR WARS: DOCTOR APHRA* (2020) 30

"LES REBELLES DANS LA NAVETTE IMPÉRIALE" | *STAR WARS: DOCTOR APHRA* (2020)

"LES REBELLES SUR ENDOR" | *STAR WARS* (2020) 34

"POURSUITE EN SPEEDER BIKE" | *STAR WARS: DARTH VADER* (2020) 34

"LEIA RENCONTRE WICKET" | *STAR WARS: BOUNTY HUNTERS* (2020)

"TEEBO ET LES EWOKS" | *STAR WARS: DOCTOR APHRA* (2020) 32

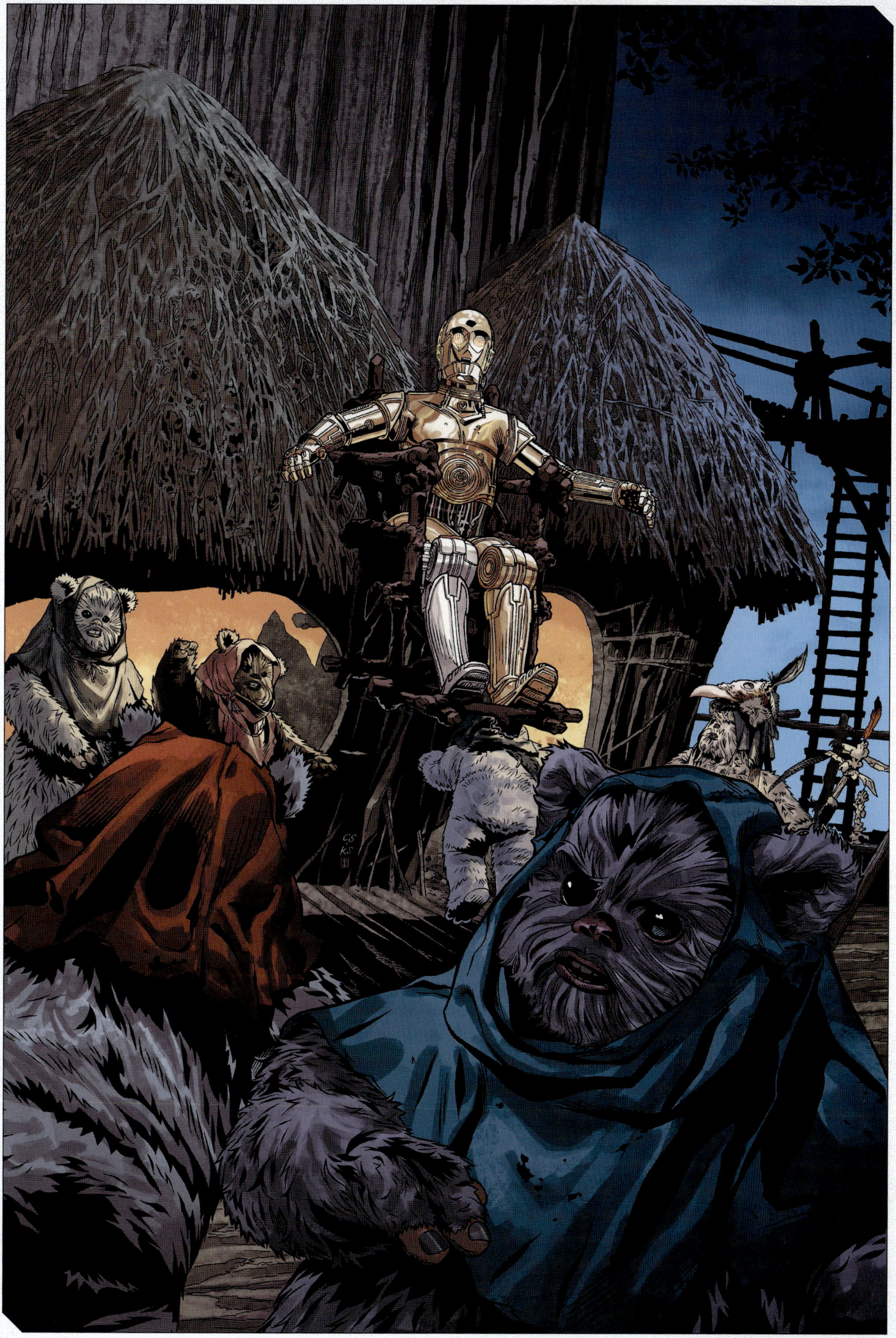

"LES EWOKS VÉNÈRENT C-3PO" | *STAR WARS* (2020) 35

"C-3PO LE CONTEUR" | *STAR WARS: DARTH VADER* (2020) 35

"LA REDDITION DE LUKE" | *STAR WARS: DOCTOR APHRA* (2020) 33

"L'AVENTURE EN SPEEDER BIKE DE PAPLOO" | *STAR WARS* (2020) 36

"LUKE RENCONTRE L'EMPEREUR" | *STAR WARS: BOUNTY HUNTERS* (2020) 36

"C'EST UN PIÈGE !" | *STAR WARS: DARTH VADER* (2020) 36

"BATAILLE DEVANT L'ÉTOILE DE LA MORT" | *STAR WARS: DOCTOR APHRA* (2020) 34

"LA REDDITION DES REBELLES" | *STAR WARS: YODA* (2022) 10

"**DANGAR !**" | *STAR WARS* (2020) 37

"ENTRE DEUX BUCHES" | *STAR WARS: DOCTOR APHRA* (2020) 35

"DUEL ENTRE PÈRE ET FILS" | *STAR WARS: BOUNTY HUNTERS* (2020)

"LE FILS TERRASSE LE PÈRE" | *STAR WARS* (2020) 38

"LA FOUDRE DU CÔTÉ OBSCUR" | *STAR WARS: DARTH VADER* (2020) 38

"LA FIN DE PALPATINE" | *STAR WARS: BOUNTY HUNTERS* (2020) 38

"LE CRASH DE L'*EXECUTOR*" | *STAR WARS: DOCTOR APHRA* (2020) 36

"LES DERNIERS INSTANTS DE VADOR" | *STAR WARS: BOUNTY HUNTERS* (2020) 39

"LANDO CALRISSIAN LANCE L'ASSAUT SUR L'ÉTOILE DE LA MORT" | *STAR WARS: DARTH VADER* (2020)

"LA DESTRUCTION DE L'ÉTOILE DE LA MORT" | *STAR WARS* (2020) 39

"TROIS VISITEURS JEDI" | *STAR WARS: DOCTOR APHRA* (2020)

"UNE CÉLÉBRATION" | *STAR WARS* (2020) 40

Processus de création des couvertures par **CHRIS SPROUSE** et **KARL STORY**

1

2

3

4

1

2

1 2 3 4

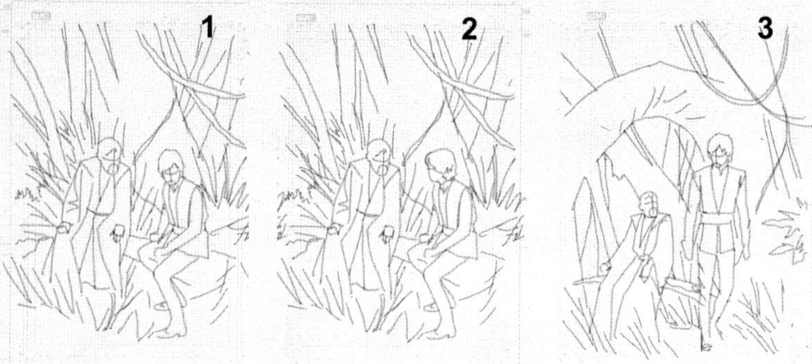
1
2
3

1
2
3

1

2

3

4

1

2

1

2

3

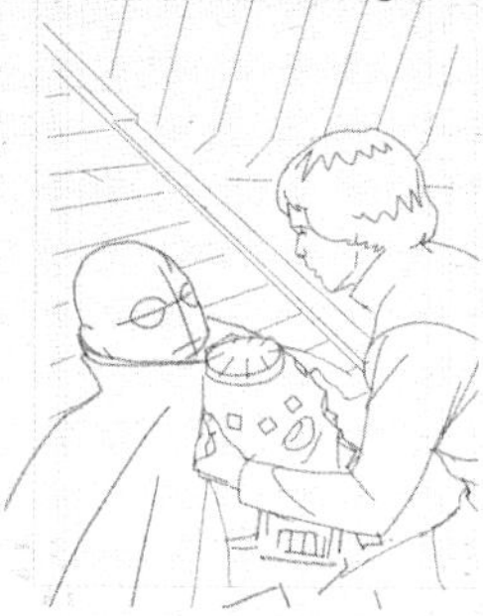

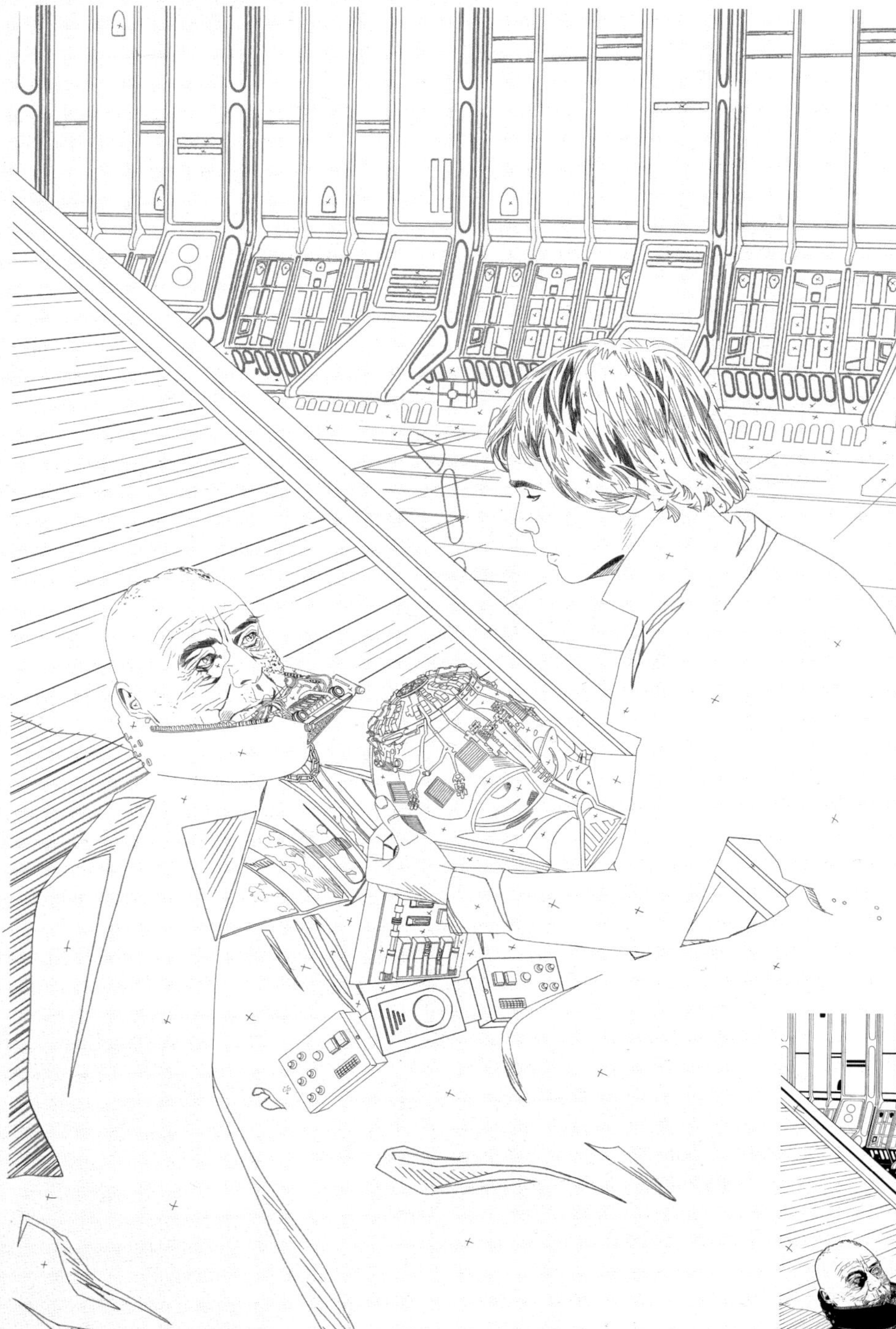

1

2

3

4

LES AUTEURS

Après une longue carrière dans les comics et des runs sur des séries prestigieuses comme *Amazing Spider-Man* et *X-Men*, **Marc Guggenheim** devient scénariste à Hollywood. Pour *Star Wars*, il écrit les comics *Age of the Republic* et *Age of Rebellion* ainsi que la maxi-série *Han Solo & Chewbacca*.

Le dessinateur italien **Alessandro Miracolo** travaille pour Dynamite sur *Red Sonja* avant de passer chez Marvel sur les titres *X-Men* et *White Widow*. Dans l'univers *Star Wars*, il intervient sur la maxi-série *Yoda*.

Alyssa Wong écrit tous les scripts de la deuxième série régulière *Docteur Aphra* et le numéro spécial *War of the Bounty Hunters - Boushh*. Son roman, *The High Republic: Escape from Valo*, sortira cette année.

Le dessinateur britannique **Lee Garbett** travaille pour le marché des comics américain depuis 2007. Il est actuellement dessinateur régulier sur *Uncanny Spider-Man* de Marvel. Ce volume contient sa première contribution à l'univers *Star Wars*.

La dessinatrice américaine **Paulina Ganucheau** débute sa carrière en 2014. En dehors d'une couverture pour *Captain Phasma*, ce volume contient sa première œuvre pour l'univers *Star Wars*.

Le dessinateur américain **Kyle Hotz** évolue dans le domaine des comics depuis 1991. Il collabore avec toutes les grandes maisons d'édition dont Marvel, DC, Dark Horse et Image Comics. Ses œuvres les plus populaires chez Marvel sont *Ghost Rider 2099* et *The Hood*.

Le dessinateur anglais **Caspar Wijngaard** réalise deux titres pour Image Comics (*Limbo* et *Angelic* avec Si Spurrier). Dans l'univers *Star Wars*, il dessine de nombreux numéros de *Doctor Aphra* et une courte histoire pour *Age of Rebellion*.

La scénariste américaine **Stephanie Phillips** fait ses débuts en 2020 pour DC avec une histoire de Wildcat. La mini-série Marvel *Capwolf & the Howling Commandos* est sa dernière œuvre.

Le dessinateur espagnol **Álvaro López** fait ses débuts chez Marvel en 2000. Après une longue carrière chez DC sur la série *Batman*, il travaille davantage pour Marvel, notamment sur *Captain Marvel*.

La scénariste américaine **Jody Houser** débute sa carrière en 2011. Son premier travail pour l'univers *Star Wars* est l'adaptation en comics du film *Rogue One*, suivie de l'adaptation du roman *Thrawn* et de la mini-série *The Age of the Republic* et *Tie Fighter*.

Jethro Morales vit à Manille, aux Philippines. En 2012, il commence sa carrière aux États-Unis avec *Green Hornet* pour Dynamite Entertainment. La mini-série *The High Republic - The Blade* est sa première œuvre pour *Star Wars*.

Le romancier américain **Alex Segura** a écrit le roman pour jeunes adultes *Poe Dameron : Chute libre* et une histoire pour l'anthologie *Stories of Jedi and Sith*.

En activité depuis 2015, le dessinateur **Matt Horak** travaille sur des séries Marvel comme *Spider-Man/Deadpool* et *Moon Knight*. Son œuvre la plus récente est *Captain America: The Ghost Arm*.

Le dessinateur américain **Brent Peeple** fait ses débuts en 2010 pour Zenescope, puis travaille pour Valiant et Dynamite. Il travaille longtemps pour DC (*Superman: Action Comics*).

Le dessinateur brésilien **Rafael Pimental** fait ses débuts en 2020 sur le marché américain. Il dessine *Black Widow* pour Marvel et travaille actuellement sur les illustrations de *Venom*.

Daniel José Older est l'un des principaux architectes du projet *Star Wars: The High Republic*. Il est scénariste de la série *The High Republic: Adventures* et de la mini-série Marvel *Trail of Shadows*. Dans le cadre du projet *The High Republic*, il écrit aussi le roman pour enfants *La tour des trompe-la-mort* et le roman pour jeunes adultes *Horizon funèbre*.

Le dessinateur **Paul Fry** a déjà travaillé dans l'univers des comics *Star Wars* avec le one-shot *Life Day* et la maxi-série *Han Solo & Chewbacca*.

Chris Spouse est un dessinateur américain aux multiples récompenses. Au début de sa carrière, il dessine l'adaptation en comics du roman *Star Wars Splinter of the Mind's Eye*. Il remporte deux Eisner Awards pour son travail sur la série *Tom Strong*, en collaboration avec Alan Moore. *Daredevil* et *Black Panther* sont ses œuvres les plus récentes chez Marvel.